スーザン・ソンタグ
「脆さ」にあらがう思想

波岡景太
Hatooka Keita

はじめに

一枚の写真が時代を変えた、というのはよく聞く話だ。

たとえば、ある写真は戦争の悲惨さと不毛さを伝え、ある写真は環境破壊の現実を白日のもとにさらし、また別のある写真は、宇宙空間に浮かぶ地球の美しさと小ささを描き出す。

歴史の教科書の「現代」を彩るそうした写真が、けれども最近、二〇世紀の遺物のように感じられてならないのは、どういうわけだろう。

フィルムがデジタルになり、紙の雑誌がウェブページになり、カメラがスマホの一部となってしまった結果として、写真と私たちの関係性は、よく言えば親密になり、悪く言えば節操のないものになってしまった。

事実、メディアの話題となる「一枚の写真」は、匿名の誰かが出来心で撮ったイタズラ写真や、さほど手が込んでいるとも思えないフェイク画像が大半を占め、しかもそれらは、ときに企業の株価を下落させ、著名人の名誉を汚し、ともすれば私たち自身の明日を奪いかねないほどの力を持つに至っている。

そんな「今」を憂うとき、闇雲に同時代の評論に手を伸ばしてみても、納得のいく答えはなかなか得られない。ネット上での画像の拡散といった現象一つにしても、送信者たちの常識のなさを非難するものがあるかと思えば、受信者たちのネット・リテラシーの低さをことさらに責め立てるものもあり、結局のところ、教えを乞おうとしている私たちにこそ非があるかのような言葉ばかりを投げつけられて、心の底からうんざりしてしまう……。

だが、そんな「今」だからこそ、私たちは思い出さなければならない。私たちにはかつて、スーザン・ソンタグという信頼に足る批評家がいて、たとえばその『写真論』と題された本をめくったならば、今まさに問題となっている写真と人間の「節操のない関係」など、半世紀ほども前の段階で、その本質のほとんどすべてが語り尽くされていたということを。

同じことは、感染症の流行やヨーロッパを舞台とした戦闘、あるいは、セクシュアルマイノリティの文化理解やネオナチ問題への向き合い方などにも当てはまる。『隠喩としての病い／エイズとその隠喩』、『サラエボで、ゴドーを待ちながら』、『反解釈』、『土星の徴(しるし)

し の下に』など、いずれも良質な日本語で訳されてもいるソンタグの著作には、それこそ「不安」が節操をなくして拡散し続ける現代社会をどう読むべきなのか、その知的方法論が、確かにはっきりと書き込まれていたのである。

＊

しかし、現代日本において、ソンタグはまだ「再発見」を待っている段階だ。だから、もう少しだけ詳しく、ソンタグのことを説明しておこう。

まず、スーザン・ソンタグ（一九三三―二〇〇四）とは、現代アメリカを代表する知識人の一人である。

彼女は、写真や映画といった映像文化に造詣が深く、ジェンダーやセクシュアリティの問題にも敏感で、かつまた結核やがんといった病のイメージについても熱心な議論をし、そしてベトナム戦争以後、9・11に至るまでずっと社会問題に反応し政治的な発言を続けた人だった。

では、そんなソンタグの肩書きとは、いったい何か？

本書では、その仕事の比重から「批評家」という肩書きを採用したいと思うのだが、本人としては「作家」あるいは「物書き」であるということが重要だったのかもしれない。というのも、晩年のソンタグは、小説の執筆に多くの時間を割いていたし、活字でのデビューも、批評家より小説家としての方が早かったからである。

ただ、この他にも、「評論家」「映画監督」「活動家」などの肩書きをもつソンタグは、ともすれば「マルチな才能をもった文化人」という大ざっぱなくくりで理解されがちだ。しかし、そのような紹介をしてしまうと、「現代アメリカを代表する知識人」という一般的な認識とも齟齬をきたしてしまうから、やはり肩書きというのは難しい。

実のところ、ソンタグのような偉人は、（いそうでいて）そうはいない。

もちろん、ソンタグと同じくらい優秀な学歴をもち、ソンタグと同じくらい刺激的な文章を書き、そして、ソンタグと同じくらいメディアに注目された知識人は、今も昔も存在する。けれど、ソンタグのように自身の輝かしい学歴に背を向け、刺激的な内容を絶妙な文章に磨き上げ、そして、メディアを利用しても決してメディアに踊らされることのなかった人というのはとても珍しいのだ。

そんなソンタグが亡くなったのが二〇〇四年。

当時は、日本でもかなりの人たちが、ソンタグの名前を口にしていたはずだが、あれから二〇年近くが過ぎようとしている今、世界的な再評価の高まりとは裏腹に、日本ではその名を耳にすることが減ってきたように思われるのはなぜか。

思うに、ソンタグが背負ってきた一九六〇年代的なアメリカの「カッコよさ」（それはたとえば、大人たちが主導する文化をひっくり返すために、若者たちのバカ騒ぎの中に新しい価値観を見出すといったたぐいの「カッコよさ」だ）が、今の日本ではあまり魅力的ではなくなってしまったということも理由の一つかもしれない。

あるいはまた、かつての若者文化がすでに賞味期限を迎えていることを宣言したり、がんやエイズのような難病治療にとって文学的表現は邪魔以外の何ものでもないことを告発したり、さらには、善悪の決めつけができないような紛争や戦争やテロに対してあえて一般的な感情を逆撫でするような政治的立場を表明してみせたりといった、一九七〇年代以降のソンタグが体現してきたもう一つの「カッコよさ」も、今の日本では流行らないからかもしれない。

とはいうものの、そうした傾向はあくまでも、「今の日本では」ということに過ぎない。類い稀なる知性と文才をもって生まれたソンタグ自身の、若者から成熟した大人へと変わる精神的成長の記録とでもいうべき著作群は、その読み方さえ理解することができれば、混迷を深めていくばかりの世界と対峙（たいじ）しなければならない私たちにとって、明日を生き抜くための最高のツールとなるはずなのだ。

*

最後に、本書のサブタイトルについても説明しておきたい。

ソンタグの仕事を再評価する上で最も注目すべきは、「脆（もろ）さ」＝「ヴァルネラビリティ」に対する彼女の思想であろう。

今日、ヴァルネラビリティという概念は、福祉・介護の現場における人権や支援のあり方を考える上でも欠かせないし、自己啓発書などではしばしば、相手の信頼を得るためにみずからのヴァルネラビリティをさらけ出すことが推奨されたりもする。だが、私たち人間一人ひとりの抱える「脆さ」というものが、実は冒頭にも言及した、写真と人間の節操のない関係性にこそ見出されると聞いたら、あなたはきっと驚くはずだ。

そう、写真論を筆頭とするソンタグの文化批評は、その中心にいつでも「脆さ」についての思想があり、その着想と実践は、今の私たちにとっても十二分に斬新なのである。ただし、本書では正確を期して、これを「脆さ」にあらがう思想と表現したい。その理由は、ソンタグが一貫して「反解釈」の人であったからだ。

AはBであるという一方的で権力的な解釈行為にあらがうソンタグは、いわゆる「逆張り」と呼ばれるような主張をしていると誤解されがちだが、それは違う。本書で詳しく見ていくように、ソンタグにとっての「あらがい」とは、みずからの知的対象物に対する慎重さの表明でもあるのだ。

「脆さとは○○である」という安易な解釈に対し、ソンタグは徹底してあらがってみせる。もちろん、緻密さと大胆さが存分に発揮された彼女の文章は、いかなることがあろうと、私たちの「脆さ」そのものを否定するようなことはしない。

本書を通じて、ソンタグの挑発する知性とあらがいの思想が、厳しくも慈愛に満ちたものであることに気づいていただければ幸いである。

目次

図版レイアウト／ＭＯＴＨＥＲ

・英語の文献からの引用は、訳者の記載があるものを除き、筆者による訳文を使用している（既訳のある文献については、適宜参照させていただいた。また、書籍名や作品名などは、基本的に既訳のものを使用している）。
・本文中に（　）で示した出版年は、初版（原著のあるものは原著初版）のものである。註に示された出版年は、原著・訳書ともに、筆者が参照した版のものである。
・引用文中の〔　〕は筆者による補足、〔……〕は中略を意味している。
・本書には今日の観点から見て差別的とされる用語・表現が含まれるが、これは当時の文献に基づくものである。資料性に鑑み、修正や言い換えは行っていない。

第1章　誰がソンタグを叩くのか

知性とバッシング

本書は、スーザン・ソンタグの「知性」にふれようとする試みであるが、話を始める前に一つ確認しておかねばならないことがある。それは、知性には具体的なかたちがない、ということだ。

知性というのは、本質的に、見たり触ったりすることができない。だから、「はじめに」で私が試みたように、ソンタグがどんなにすばらしい知性の持ち主であるかを力説しようとも、あなたはきっと、眉に唾をつけずにはいられないだろう。

思えば、私たちはしょっちゅう知的な見てくれに騙されたりもしているから、見た目の良いやつは信用できないとか、見た目はあんなだけれど的を射たことを言うんだとか、知性と外見を天秤にかけることで予防線を張ったつもりになったりもする。そうして、同時代の知性が信用できなくなったとき、信用できる知性とはもはや、肉体を失った偉人のものだけとなるのだろう。

だが、たとえ墓の下にあっても油断はできない。

というのも、圧倒的な知性というものへの羨望は、ときに死人を墓から掘り起こすぐらいの力を生み、そうして復活させられた偉人の「生身」はふたたび苛烈なバッシングにさらされて、あらためて「過去の人」という烙印を押されかねないからである。

二一世紀から二〇世紀を振り返ってみても、そこには実に多くの知性があり、そしてその知性の持ち主をめぐるバッシングがあった。ただ、先ほどから述べているとおり、私たちが知性だと思っているものに具体的なかたちはなく、あるのは、偉人たちの肖像と言葉、それからその偉人の知性を讃える別の誰かの証言ぐらいである。ドキュメンタリー映画にしても、インターネットのアーカイブにしても、知性の持ち主がいかにしてみずからの知性を「持ちえて」（あるいは「持てあまして」）いたのか、そこのところの葛藤を後世に伝えていくことは至難のわざとしか言いようがない。

そして、私たちがこれから向き合っていくスーザン・ソンタグという偉人は、そのような誤解と偏見を（生前も死後も）一身に受けざるをえなかった知識人であった。いったい彼女は、この姿の見えない知性というものをどのように育み、そして、かたちあるものはとりあえず叩こうとする世の慣わしといかにして折り合いをつけてきたのだろうか。

知識人ソンタグの履歴

一九三三年、ニューヨークに生まれた彼女は、父の死と母の再婚を経て、ソンタグという義父の姓をみずから選び取った。家族で各地を転々とした日々を、スーザン・ソンタグは「砂漠の幼少期」と呼び[*1]、都会派という自身の一般的なイメージに少なからぬ違和感を表明している。

北ハリウッド高校を卒業後、カリフォルニア大学バークレー校からシカゴ大学に編入したソンタグは、結婚と出産を経て、ハーバード大学の大学院に進み、そこからイギリス留学、パリ留学といった具合に研究者としてのキャリアを積んだ。しかしながら、二〇代の半ばに離婚を決意したソンタグは、一人息子とふたたびニューヨークの地を踏み、そこから批評家／作家としての快進撃を始める。

かくして、『反解釈』（一九六六年）、『写真論』（一九七七年）、『隠喩としての病い』（一九七八年）など、他の追随を許さない明晰さとアクロバティックな論法をいかんなく発揮した批評書で一世を風靡したソンタグは、他方で、『夢の賜物』（一九六三年）から『イン・アメリカ』（一九九九年）へと至る純文学作品の書き手としても健筆を振るい、さらには、ベトナム戦争下のハノイや、ボスニア・ヘルツェゴビナ紛争下のサラエボを訪れるなど、行動する書き手としても長く活躍し、結果、二〇〇四年に永眠するまで、アメリカを代表する知識人として発言を求められ続けたのである。

意見製造機への苛立ち

そんなソンタグが、晩年に放った、こんな言葉がある。

物書きたるもの、意見製造機になってはならない。[*2]

現場から遠く離れた場所で、さながらマシーンのように場当たり的な意見を製造し流布させるだけの文化人たちに対し、かねてよりソンタグは、苛立ちを隠さなかった。そして、できるかぎり現場を訪れ、みずからの発言に責任を持とうとする彼女の倫理的な態度は

（多くの人がいくばくかの懸念を示しつつ証言するように）、歳を重ねるにつれ鮮明になっていった。

しかし、ここで急いで確認しておくべきなのは、そうした知識人としての実直すぎる態度というものも、実のところ、ソンタグの思想の一側面に過ぎなかったということだ。

晩年のソンタグは、ある賞の受賞記念スピーチでこうも言っている。

良き市民、「知識人アンバサダー」、人権派アクティビスト――これらの役割が、このたびの授賞理由として挙げられており、確かに私はそうしたことにコミットしているのですが、物書きとしての私は、そうした役割に不信感を抱いています。物書きというのは、正しいことをなそう（そして、それをサポートしよう）とする人間よりも疑り深く、自信がないものなのです。[*3]

みずからの政治的態度に付随するまっとうさと、そうしたものにあらがおうとする文筆家としてのまっとうさ。複数化される正義と倫理のはざまで紡ぎ出された（あるいは、しぼり出された）ソンタグの言葉の数々は、著作と著作のあいだ、論考と論考のあいだ、さらには、段落と段落のあいだで、ときに微(かす)かに、ときに激しく衝突し、火花を散らし、そうやって読み手である私たちを興奮させる。

一方で、みずからがオピニオン・マシーンになることを拒絶し続けたソンタグではあったが、さながらマシンガンのように繰り出されるその挑発的な意見とアイデアは、マスメディアを介することで単純化されることが少なくなかった。そして、ひとたびそれがアメリカそのものに対するバッシングであるとみなされるや、世間はソンタグのオピニオン・リーダーとしての資質を疑い、さらには、物書きとしての資質にすら否定的な評価を浴びせかけてきたのである。

生身の人間としてのテロリスト

ソンタグに対する過剰なまでのバッシング。そのピークは、彼女が亡くなる三年前に訪れた。

二〇〇一年九月一一日。ドイツに滞在中であったソンタグは、テレビ画面の向こうに、あの煙を上げて崩れゆく世界貿易センタービルを目撃し、そして自身の意見を表明した。

> そしてもし仮に「臆病な」という言葉を使うのであれば、他人を殺すためにみずからの死を厭わない人間に対してではなく、報復の及ばぬ高みから殺害を行う人々に対しての方がふさわしいと言えるのではないだろうか[*4]。

〈ニューヨーカー〉誌は、ソンタグのこうしたアメリカ・バッシングの小文を、九月一七日発売の二四日号に掲載した。いうまでもなく、事件後一週間も経っていない中での活字化は、タイミングとしては最悪であった。

「報復の及ばぬ高みから殺害を行う」国家の暴挙を、あたかも「生身の人間」の行為であるかのようにみなして批判するといったソンタグ流のアメリカ・バッシングは、もう一方の側の「生身の人間」であるテロリストの勇気をソンタグ自身が称賛しているかのようにも解釈され、結果、アメリカ国内ではかつてないほどのソンタグ・バッシングが巻き起こったのである。

しかし、ソンタグはこの最後の戦いにも負けなかった。

アメリカでのバッシングは、ついにソンタグの筆を折ることはできず、二〇〇四年一二月、七一歳で永眠するそのときまで、ソンタグは物書きとしての限界と責任に向き合い続け、同時に、生身の人間として、息子やパートナーたちとの濃密な時間を過ごしたのである。

伝説の舞台裏へ

……と、このようにまとめてみると、いくら激しいバッシングがあったにせよ、それらはあくまでもソンタグという伝説的な知識人のすごさを物語るスパイスのようなエピソードであって、ソンタグの仕事を再評価するにあたっては、あえて掘り返すようなことはせずともよいのではないかとも思いたくなる。

だが、ことソンタグに限っては、そうは問屋が卸さない。というのも、生前にたびたび繰り返されてきたソンタグ・バッシングは、その死後においてもかたちを変えて復活し、そしていよいよ激しくなっているからである。

さらに困ったことには、ソンタグの私生活がスキャンダラスなものとして語り継がれていく一方で、ソンタグの仕事はその「知性」の部分だけが抜き取られ、元の文脈とは関係のないところで（もっともらしく）引用され、拡散している。言うなれば、ソンタグの知性は今、二一世紀の〈意見製造機〉の主要な部品や原材料となって、多くの文化人たちの言論生産に多大な貢献をし続けているのである。

かくして、ゴシップ化する私生活と、マシーン化するその知性は、ソンタグの意志や感情や苦痛や快楽といった、まさしく生身の人間の抱える限界と責任を置き去りにするかたちで、世の中におけるスーザン・ソンタグ像を作り出してしまった。

もちろん、こうした身体性と知性の分離は、なにもソンタグに限ったことではなく、およそ偉人と呼ばれる存在を語り継ぐ際には、避けて通れないことではあるのかもしれない。

だが、本書がここにあえて語ってみたいのは、知性とバッシングが絶えず衝突する地点に立ち続けたソンタグが、その虚実のあわいでいったいどのようなことを考え、どのような人生の指針を打ち立ててきたかということ——すなわち、その「挑発する知性」の成り立ちについてなのである。

第2章 「キャンプ」と利己的な批評家

脆(もろ)さと苦痛を考える

物書きたるもの、意見製造機(オピニオン・マシーン)になってはならない——。

先の章で引用したこの言葉は、「詩人はジュークボックスではない」というダドリー・ランドールの有名な詩句を意識してのものであった。[*1]

ここに見られる機械と人間といった二項対立は、ソンタグの批評活動においても重要な意味を持っている。というのも、ソンタグが特別な興味を持ってきたメディアや医療の現場は、人間の文化的生活におけるテクノロジーの侵犯が顕著な領域であり、そこに表出する人間の意志や感情や苦痛や快楽といったものを論じることこそが、ソンタグの仕事の大半を占めていたからだ。

たとえば、私たちは銃の引き金を引くようにしてカメラのシャッターを押すこともあれば、苦痛にゆがんだ他人の身体(からだ)のイメージに自分の快楽を投影してしまうこともある。あるいはまた、日進月歩の医療テクノロジーを信頼すべき深刻な状況にあっても、ときに病名から連想される負のイメージの方を優先し、罹患(りかん)したことを隠そうとしたりもする。

そうした矛盾を前にしたとき、「物書き」たちはいったい何を、どのように語ればいいのか。

ソンタグがその生涯をかけて探究してきたテーマは、端的に言って、人間存在が抱える「脆さ」(ヴァルネラビリティ)と、それが表出する際に身体と精神を襲う「苦痛」(ペイン、サファリング)であった。そしてそれは、機械と人間という二項対立が揺らぎを見せる場所——たとえば写真や映画——においてはっきりと観察されるものであり、だからこそソンタグは、時代を何歩も先取りするかたちで、メディア空間を生きる私たちの「生」を論じてきたのである。

カッコいい、だから叩(たた)かれる
だがしかし——。

と、私たちはここで、またしても眉に唾をつけたくなる。

そのようなメディア空間における人間といったものを考えてきた高度な知性が、なにゆえ低俗なバッシングの対象となってきたのだろうか？　それも、「脆さ」と「苦痛」という、あまりに繊細かつ深遠な事柄を主題とする思慮深き人間が、どうしてそんな「出る杭（くい）」の役回りを買って出たのだろう？

スーザン・ソンタグを、あくまでも「知性」という切り口で考えていくとき、私たちは決まって、次のような疑問にぶつかってしまう。

――だってソンタグは、戦場で実際に命の危険に向き合わなきゃ物を書いちゃダメだって言ったんでしょう？（なんでそんなことを！）

――だってソンタグは、闘病中にもかかわらず、その姿をパートナーの写真家に撮影させ続けたんでしょう？（だから、なんでそんなことを！）

繰り返しになるが、いくら知性の人とは聞かされていても、知性そのものには具体的なかたちがないのだから、評伝やゴシップ記事が再生産するのは、結局、ソンタグの見てくれだけだ。そして、彼らはソンタグの「生身」を復元しては、あらためてそれをバッシングする。

なかば儀式化したその営みは、確かに、「知性」というものにあざむかれないための私たちの本能的な予防策なのかもしれない。だが、だとするならば、いっそその見てくれにこだわることから議論を始めてみるのはどうだろうか？

つまりは、ソンタグは「カッコいい」からこそ叩かれたのだ、と一度ひらき直ってみること。その自信ありげな佇（たたず）まいや、隙がないのにアクロバティックな文体が、どうしようもなく「カッコいい」からこそ、あんなバッシングを受けてきたのだという、そんな身もふたもない理屈からソンタグを語り直してみることが、あるいは、今の私たちには必要なのかもしれない。

ヒップな文化の「やんちゃな甥（おい）っ子」

ソンタグという書き手の、いったいどこがカッコよかったのか。

まずは、彼女がデビューした一九六〇年代のアメリカを振り返ってみよう。

六一年、当時四三歳だったジョン・F・ケネディは史上最年少の若さで大統領となった（そして六三年に暗殺された）。

六三年、公民権運動指導者のキング牧師は、演説でかの有名な「アイ・ハヴ・ア・ドリーム」を連呼した（そして六八年に暗殺された）。

六七年、長髪とサイケデリックなファッションに象徴されるヒッピーたちがサンフランシスコの一地区に集結し、「サマー・オブ・ラブ」という社会現象が起こった（ただし、マンソン・ファミリーと呼ばれるヒッピー集団が六九年に起こした連続殺人事件をきっかけに、ヒッピー文化は急速に勢いを失っていく）。

六九年、大統領となったリチャード・ニクソンが、ベトナム戦争からの米軍撤退を推し進めた（ただし、空軍の戦略爆撃はその後も実施され、戦争は七五年のサイゴン陥落まで続いた）。

……と、かように明と暗がめまぐるしく変わり続けたアメリカのシックスティーズにあって、「カッコいい」とされる対象もまた、流行り（はやり）と廃り（すたり）を激しく繰り返していった。けれど、そうした中でも後世にまで影響を与え続けたものといえば、とりあえず、以下の五つを挙げることができるだろう。

- ポップ
- ロック
- フォーク

●ドラッグ
●キャンプ

なるほどなるほど、と頷(うなず)きつつも、最後の「キャンプ」のところで、おや?と思われた方もいたかもしれない。スペルこそ同じであれ、山や河原でテントを張るといったあのキャンプとはまったく別物のこの概念については、後ほどじっくりと解説していこう。
まず、ここに挙げた五つのカルチャーの四つめまでは、「ヒップ」という、より大きな概念にまとめてしまうことが可能だ。
ジャーナリストのジョン・リーランドは、二〇〇四年の著書『ヒップ――アメリカにおけるかっこよさの系譜学』のなかで、アンディ・ウォーホル(ポップ)、ヴェルヴェット・アンダーグラウンド(ロック)、ボブ・ディラン(フォーク)といった存在を、いずれも一九六〇年代の「ヒップ」を代表する存在として例示し、その上で、ヴェルヴェット・アンダーグラウンドの代表曲「ヘロイン」(一九六七年)を、「ヒップとドラッグと自己破壊の物語のあいだのフローを体現したもの」と評している。[*2]
また、作家の平野啓一郎は、やはりリーランドの著作に言及しながら、現在の英語としてはより一般的な「クール」という感覚もまた「ヒップ」に含まれるものであるとした上で、その「ヒップ」という概念が日本に紹介された時期というのも、一九六〇年代後半のことであったと指摘した。[*3]

平野は、その著書『「カッコいい」とは何か』（二〇一九年）において、日本語の「カッコいい」を英語の「クール」と比較し、次のように述べている。

一九六〇年代になると、「クール」は白人の中間層の若者たちにまで拡大し、十代の成長と反抗を表現する言葉として一般的に認知され、更に大人にも適用が広がってゆく。このプロセスは、日本での「カッコいい」という言葉の流行とほぼ同時代的であり、その際に音楽やファッションなど、具体的な文化の輸入にともなって、「クール」が参照されたことは間違いあるまい。[*4]

ここで平野の議論をことさら興味深くしているのは、日本語の「カッコいい」という言葉それ自体が、一九六〇年代の流行語であったという発見であろう。そして、アメリカのカウンターカルチャーを大いに参照することで生成されたこの「カッコいい」という概念は、たとえば三島由紀夫の予言(「現代語として誰にもわかる『カッコイイ』などという言葉が、十年後には誰にもわからなくなるであろう」)を大きく裏切りながら、二一世紀の今も生きながらえている。[*5]

そうした事実に驚きながら、古今東西の「カッコいい」の事例を検証していく平野であったが、先のリストの五つめにあった「キャンプ」だけは、その調査の対象外となっている。

「キャンピィ」といった具合に形容詞化もされるこの概念は、アメリカの辞書によると「あまりに人工的だったり、不自然だったり、不適切だったり、あるいは時代遅れだったりするために、おもしろい(アミユージング)とみなされてしまう事柄」と定義されている。[*6]

そして、そんな「キャンプ」をリーランドは「ヒップのやんちゃな甥っ子」と呼んでいるのだが、[*7]確かに、キャンプ趣味というものは、今も昔も、アメリカ的「カッコよさ」の王道からは、わずかに外れたところに位置している。

ただし、一九六〇年代から徐々に認知され始めたその感性は、サブカルチャーの発展とも深い関係を持ち続け、特に性的マイノリティの文化に対する認識が大きく転換した九〇年代以後は、政治的にも学術的にも、シリアスな意味をはらむものとなっている。

かくして、ポップからキャンプまでといった見取り図を用い、一九六〇年代アメリカという特別な時空間を現代の視点から見直してみるならば、この「キャンプ」という概念こそは、当時の「カッコいい」を代表する裏主人公であったことが明らかになるだろう。そして、そんな傍流的カルチャーの最初にして最大の伝道師とされるのが、スーザン・ソンタグその人なのである。

「カッコ悪い」から「カッコいい」を発見する感性

それでは、ソンタグが一九六四年に発表し、アメリカのみならず世界中の知的な若者たちをしびれさせた論考「《キャンプ》についてのノート」から、その書き出しと結論近くの箇所を引用してみよう。

> 世の中には、いまだ名付けられていないものが数多くある。たとえ名付けられていたとしても、いまだ記述されずにいるものも多い。そうしたものの一つが、「キャンプ」の名で知られる感性だ〔……〕。

ハイ・カルチャー的な感性ばかりが洗練ではない、といった偉大な発見が、キャンプ経験の大前提となる。キャンプが明らかにしてくれたのは、良い趣味だから趣味が良いとは簡単に言えないということで、実のところ、悪趣味という趣味の良さ、なるものも存在するのである〔……〕。趣味が悪いからこそ趣味が良い、といったこの発見は、きわめて解放的なものになりうるだろう。*8

一九六〇年代前半のアメリカ都市部において、一部の内輪での符牒(ふちょう)に過ぎなかった「キャンプ」という言葉をフィーチャーし、批評界にデビューしたソンタグ。彼女の説明によれば、キャンプな感覚を持つということは、「悪趣味なのに(あるいは、悪趣味だからこそ)趣味がいい」と言い切れる感性を共有することであり、これを私たちのボキャブラリーに引き寄せてみるならば、世間一般が「カッコ悪い」とみなすだろうもののなかから「カッコいい」ものを発見する感性と、まずは考えることもできるだろう。

ソンタグが論じるキャンプというものの特徴を要約し、言葉を現代風にして(今度はちょっと長めに)リスト化してみると次のようになる。

●ソンタグ自身、強く惹かれてはいるが、同時に反発も感じているもの
●政治色のないもの
●ファッションや家具に見られるデザインで、結果的に悪趣味となってしまったもの
●ロックンロール以後の、一部のポピュラーミュージック
●駄作であることを、あえて人に言いたくなるような出来の悪い映画
●性差をかく乱することで、より性的な魅力を放つ人物
●セクシュアリティをどぎついほどに誇張している俳優
●人間と物質の境界を超越しているもの
●ばかばかしいメロドラマ的筋書きを、作曲家が大真面目に作品化した古典オペラ
●ガウディのサグラダファミリア
●一九三三年公開の映画『キングコング』
●本多猪四郎が監督し、円谷英二が特撮を担当した日本のＳＦ映画
●何を演じてもグレタ・ガルボでしかないグレタ・ガルボ
●アイロニーや風刺に代わって、真面目に不真面目さを実現するもの
●大衆文化の時代における新しいダンディズム

● すべてを等価にみなそうとするオスカー・ワイルドの態度（彼の保守的なダンディズムは除く）
● 都市文化におけるクリエイティブなマイノリティグループ（の一部の人間たち）によって愛好されているもの[*9]

このようにリスト化してみると、私たちが今、ネット文化の名のもとに消費している（非政治的な）コンテンツの多くは、かなりの確率でキャンプ的である気がしてくるのではないだろうか。

ソンタグは言う、「なにより、キャンプ趣味というのは、価値判断の流儀ではなく、享受し鑑賞する際の流儀である」と。[*10] なるほど、二〇二〇年代に生きる私たちも、たとえば画面上に流れる真面目にふざけた奇妙なダンス動画などを既存の価値判断を持ち出すこともなしに享受し続けていたりするから、これはこれで、すでに立派なキャンプ趣味の理解者ということになるのかもしれない。

また、フェミニスト批評を行う英文学者の北村紗衣（さえ）は、「キャンプの美意識というのは、ドラァグクイーンなど同性愛者の文化に根ざしている部分が大きいと言われており〔……〕

クィア批評でもよく使われる概念」だと定義した上で、映画『ムーラン・ルージュ』（二〇〇一年）や『華麗なるギャツビー』（二〇一三年）を監督したバズ・ラーマンこそは「キャンプの美学をとてもよく体現したクリエイター」だと評している。[*11]

教科書化するキャンプ

キャンプ趣味は、性的マイノリティの文化と深い関わりを持っている。とりわけ、今世紀のキャンプ理解には、規範的なセクシュアリティの理解に回収されることのないクィア文化というものを参照することが不可欠となるだろう。

アメリカの研究論文集『ソンタグとキャンプの美学』（二〇一七年、未訳）の編者たちは、クィア文化がサブカルの範疇にとどまらなくなった一九九〇年代半ばを分水嶺として、キャンプ研究もまた大きな転換を迎えたと指摘する。[*12] どういうことかというと、ソンタグが世に広めたキャンプ的カルチャーをフィールドワーク的に検証するといった研究が役目を終え、キャンプというコンセプトそのものの理論的かつ政治的な再検討（そこでは、ソンタグの批評も批判的に読み直される）が始められたというのである。

もちろん、こうしたアカデミズム内での取り扱いの変化は、ときに「カッコいい」テクストを「カッコよかった」ものとして歴史化することになり、結果としてそのテクストを教科書的な「カッコ悪い」テクストにしてしまう。だが、そのように過去のものとなったソンタグという存在もまた、ソンタグのキャンプ論を参照したならば、（いささかアナクロニズムの気味はあるけれど）キャンプ的趣味の対象となりうるだろう。

一九六四年のソンタグは、「《キャンプ》についてのノート」において、次のように指摘している。

> 経年劣化のプロセスによって、キャンプ趣味に必須のデタッチメント——あるいは、必須のシンパシーといったものが生じる。扱っているテーマが重要かつ同時代的なのに、作品自体が失敗作だと腹立たしい。だが、そうしたことは、時の流れによって変化する。時間は、アート作品を倫理的な妥当性といったものから解放し、それをキャンプ的な感性に引き渡すのである。[*13]

アートと批評の違いはあれど、こうしたソンタグの初期作品について、私たちは今、適度な距離感と、それゆえの逆説的なシンパシーを感じることができる。キャンプという概念やそれを論じたソンタグの文章が、教科書という「カッコ悪い」テクストのなかで尊敬されたり批判されたりし始めているときだからこそ、遅れてきたファンとして、若き日のソンタグがすでに「悪趣味」であったということ（つまり、かつての正論が賞味期限を迎えたのではなく、そもそも彼女は正論など吐いていなかった、ということ）を見抜き、それゆえに今、その真面目に悪趣味をやっていた姿こそが「カッコいい」のだと言い募らねばならないのだ。

キャンプを裏切る

「《キャンプ》についてのノート」はこんな言葉で閉じられている。

キャンプの究極的なステートメント、それは「最低、だからいい」……。もちろん、いつだってそう言えるわけではない。ある特定の条件下でだけ、つまり、私がこのノートで描写しようと試みた条件のもとでだけ、そう言えるのだ。[*14]

こうした物言いを、挑発的とみなすか、権威的とみなすかは、読み手の立場や理解によって分かれるだろう。
そもそも、このようなキャンプ論を書くにあたってソンタグは、そうした批評がキャンプそのものに対する「裏切り」でもあることを認めている。なにしろ、ジャッジメントなど放棄し、ただただ享受することがマナーと彼女みずから定義したはずのキャンプ的感性について、ソンタグはあの手この手でジャッジをし続けてみせているからだ。

それゆえ、キャンプについて語ることは、キャンプを裏切ることになる。この裏切りを擁護することができるとすれば、それが啓発となる場合や、それが解消する葛藤に価値がある場合である。私はだから、これが自己啓発を目的とするものであり、かつまた、私個人の感性に内在する鋭い葛藤に突き動かされてのことなのだと自己弁護したい。[*15]

限定されたコミュニティのなかで共有される「カッコいい」は、それがなぜ「カッコいい」とされるのかを口にしないからこそ粋なのである。部外者には理解されないはずの価値観が、批評家というフィルターを通して語り直されるとき、でき上がった紹介文にもはや「カッコいい」は残っていない。不純と純を分離させるためのフィルターは、文化のなかの感覚的な要素を、どうしても不純物として取り除いてしまうのだ。

にもかかわらず、批評家には語らなければならないときがある、とソンタグは言う。それはただ、批評家である「私」がそうしなければならないと判断したときにのみ許されることらしいのだが、先の引用からも分かるとおり、判断のタイミングに客観的なルールはない。

ジャッジメントを捨てた現代的感性を診断し、言語化することによって「カッコいい」存在となりえたソンタグは、みずからをキャンプ的に「カッコ悪い」存在に貶めることでも、時代を超越する批評家になったのである。

「反」＝「アゲインスト」は利己的である

ソンタグの『反解釈』は、日本では一九七一年に、英文学者の高橋康也を中心とする六名の研究者の手によって翻訳刊行された。以後、ソンタグの新刊は、木幡和枝、富山太佳夫、近藤耕人、川口喬一……といった優れた訳者によって随時紹介され、結果として、ソンタグは日本語圏の中でも「カッコいい」批評家／作家として認知され続けている。

だが、日本におけるその「カッコいい」感じは、やはり知的な（しかも私よりも上の世代の）「趣味の良さ」と強く結びつき、だからこそ余計に、ソンタグの全盛期（一九六〇年代半ばから八〇年代初頭までのおよそ一五年間）を体感できなかった世代の人間としては、ソンタグを素直に「カッコいい」ものとして受容したり標榜したりすること自体が「カッコ悪い」ことのようにも感じられた。

たとえば一九九九年、学生であった私は、「朝日新聞」で連載されていた大江健三郎の往復書簡シリーズの中に、自分と同時代人でもあるソンタグの言葉を見つけ出してはいた。けれども、当時はまだ、大御所たちの交わす、物騒なのにどこか緩慢なやりとりに対して、さほどの興味も持ちえなかった。若い読者であるというのは身勝手なものだから、大江にせよソンタグにせよ、文庫で読んだ彼らの著作には時代錯誤な熱狂を覚えたくせに、どうしても生身の作者の「今」には積極的に耳を傾けることができなかったのであろう。

インターネットが普及し、ネット書店が隆盛を極め、洋の東西を問わずに多くの知識人の言説がＳＮＳなどを介してリアルタイムで届けられる（あるいは覗き見ることができる）ようになると、二〇世紀に輝いていた批評家の多くは、「カッコいい」ものの対象から外れるようになった。ソンタグに関していえば、二〇〇四年の死後、ネット上には、彼女の仕事をいたずらに貶めるようなスキャンダルや、私生活をめぐるゴシップがあふれかえるようになり、いよいよその「カッコ悪さ」は高まっていったように思われる。

　だが、そんな「カッコ悪さ」も、二〇二〇年代の初めには底を打ち始めていたようだ。直接的な原因は、伝記作家ベンジャミン・モーザーによる評伝『ソンタグ――その生涯と仕事』（二〇一九年、未訳）の刊行と、[*16]同書のピュリッツァー賞受賞である。

　この本については、次章以降も詳しく論じていくつもりだが、ここではまず、作家・小野正嗣（まさつぐ）の文芸時評を参照するかたちで、そのインパクトを確認しておきたい。

> 　01年の同時多発テロの際、アメリカ全体を包んだ愛国主義的な空気に抗（あらが）い、母国の覇権主義を冷静に批判した明晰（めいせき）な知性の人ソンタグ。〔……〕ソンタグこそ人気・崇拝・名声を手にした女性作家の典型に見える。
> 　だが昨秋刊行されたベンジャミン・モーザーによる浩瀚（こうかん）な伝記『ソンタグ　その生涯と仕事』（未訳）を読むと、才能溢（あふ）れる少女の頃からソンタグがたえず不安や疑念に苛（さいな）まれていたことがわかる。〔……〕
> 　モーザーは相当数の関係者にインタビューを行っており、他者のまなざしに映った

ソンタグ、名声を求めて悪戦苦闘するその姿はときにひどく利己的だ。一九歳で産んだ幼い息子を夫のもとに残して英仏に留学し、しかもそこで恋人を作ったり……すごい母親だとため息も出る。[*17]

いかがだろうか。

小野の動揺が教えてくれるのは、日本におけるソンタグの標準的なイメージというものが、たとえ想像の上でも「利己的」であることを許されてこなかった、という事実である。良くも悪くも、そこにはソンタグに対する全幅の信頼があったのだ。

しかし、考えてみるにつけ、これはいささか奇妙なことでもある。

すでに確認したとおり、ソンタグの「カッコよさ」は、キャンプ的なるものを裏切るという戦略的な「カッコ悪さ」によって打ち立てられた。だからこそ、彼女の「カッコよさ」はいつでも、あの「反」という訳語に込められた対抗的な批評的態度によって象徴されてきたのだ。

さらに踏み込んで言えば、批評書デビュー作『反解釈』の原題は『アゲインスト（Against）・インタープリテーション（Interpretation）』（解釈にあがって）であり、そのこころは、「既存の解釈にあらがう新しい解釈」の提示である。

　そう、既存の価値観を捨てて新しい世代に奉仕する、というのがソンタグの「カッコよさ」だったのではなく、たとえ新世代の価値観であっても「私」以外の人間のものであるならば「私」がそれをジャッジして新たな解釈を施してみせるという、まさしく「利己的」な批評活動こそが、ソンタグその人の魅力であったのだ。

　そうした事実を思い出すとき、利他的な批評活動にいそしんだ聖人君子……というイメージは、あくまでも私たちの願望に過ぎなかったように思えてならない。

第3章　ソンタグの生涯はどのように語られるべきか

これからのソンタグの話をしよう

たとえば大学で「ソンタグ」を教えるとしたならば、私はきっと、こんな挨拶で講義を始めることだろう。

——みなさんは、現代アメリカを代表する知識人のスーザン・ソンタグという人を知っていますか？　知っているという人は、なんでもいいので、ソンタグに関することをプリントに書き込んでください。

だが、「なんでもいいので」と言われても、いったいどれだけの学生がプリントの空欄を埋められるだろうか。「ソンタグだなんて、そんな名前、これまでの人生で聞いたこともない」と学生たちに言われても、私はたぶん驚かないはずだ。

というのも、単行本であれば、ソンタグの作品は、批評も小説もインタビューも、そのほとんどがすでに日本語で翻訳されているのだけれど、文庫本のような手軽な体裁のソンタグ作品といえば、『反解釈』（ちくま学芸文庫）ぐらいしか市場に流通しておらず、入試問題はもちろんのこと、英米の著名人のスピーチやエッセイを紹介する大学の英語教材ですら、ソンタグの文章をその候補に挙げることはめったにないからだ。

というわけで、教壇に立った私はおもむろに自作のパワーポイントを立ち上げ、スーザン・ソンタグの写真と経歴を、教室前方のスクリーンに映し出すだろう。そして、ソンタグの生涯を簡潔にまとめたドキュメンタリー番組を、教室の照明を落として視聴させるに違いない。そう、ソンタグ自身も言うように、「文学は物語を語るが、テレビは情報を与える」ものなのだ。[*1]

では、ソンタグの人生や思想を分かりやすく解説してくれる、一五分程度のドキュメンタリー番組とはどのようなものか。残念ながら、そうした動画は現時点では存在しないようだ。アメリカでは、二〇一四年に『スーザン・ソンタグについて』というドキュメンタリー作品が制作されているが、こちらは内容が専門的すぎる上に、オンライン配信も限定的で、日本では映像そのものが入手困難となっている。[*2]

仕方がないので、ここでは仮に、そういった大学の授業にぴったりのドキュメンタリー番組があったということにして、そのナレーション部分だけでも、以下に書き起こしてみよう。途中、再現ドラマ特有の安っぽい演出が鼻につくかもしれないが、未知なる人物を学生たちに受け入れてもらうためには、やはりテレビ的な説明を活用するに越したことはないのである。

ドキュメンタリー番組「スーザン・ソンタグの生涯」

暗がりの中、一冊のノートがスポットライトの中に浮かび上がる。ふわりと開かれたページの上には、ソンタグ本人のものと思しき筆跡で、英文が走り書きされている。翻訳された文面が画面中央に浮かび上がり、女性の声がそれを朗読する。

強さ、強さこそが私の求めるもの。それは耐える強さではなく——それなら私は持っているし、それが私の弱さにもなっている——、行動する強さだ。

スーザン・ソンタグの日記（一九五八年頃）より[*3]

画面が切り替わり、二〇代半ばのソンタグの白黒写真が映し出される。
おもむろに、ナレーションが始まる。

……一九五九年冬、すでに別居状態にあった夫と離婚してシングルマザーとなったソンタグは、六歳になる息子のデイヴィッドとともに、ニューヨークに移り住みました。

大学で教鞭(きょうべん)をとりながら、旺盛な執筆活動を始めた彼女は、「《キャンプ》についてのノート」と題された論考によって注目を集めます。これは、大衆文化の中に見出(みいだ)された特殊な美、それを意味する「キャンプ」という言葉をめぐって書かれた文化批評であり、高尚な文化と低俗な文化を別々に語ることが当たり前であった当時の知識人たちにも、大きな驚きをもって迎えられました。

ソンタグの才能は、批評のみならず、創作の世界でも開花しました。一九六三年には『夢の賜物(たまもの)』を、六七年には『死の装具』という前衛的で濃密な長編小説を発表します。作家としてのソンタグの仕事は、いずれも批評家から好意的に迎えられることとなりました。

息子と二人、ニューヨークに降り立ったソンタグは、いまだ二〇代半ばで、野心に燃えていました。一九六六年に刊行された批評集『反解釈』は、同種の書籍としては異例のベストセラーを記録し、ソンタグの名は、瞬く間に二〇世紀アメリカを代表する知識人の一人として認識されるようになります。

ソンタグは、行動する知識人でもありました。一九六八年、ソンタグは戦時下のベトナムを訪問し、そのときの体験を「ハノイへの旅」というエッセイにまとめました。また、九三年には、戦地となったサラエボに滞在し、現地の役者とともに現代劇の上演を試みています。

ソンタグは映像の世界にも活躍の場を広げました。六九年には、映画『食人種のためのデュエット』を、七一年には映画『ブラザー・カール』を、それぞれ監督して公開しました。

しかし、すべてが順風満帆に思えた矢先、過酷な現実がソンタグを襲います。がん、でした。

先駆的なメディア批評となる『写真論』の完成を目指していたソンタグに、医師は、彼女がステージ4の乳がんであることを告げたのです。一九七四年のことでした。

全身を襲う痛みのなかで、それでもソンタグは、書くことを諦めませんでした。彼女はその強靱な精神力により、「がん」と「結核」をめぐる言葉とイメージの歴史を、『隠喩としての病い』という題名の著作で探究し始めたのです。

奇跡的な回復を遂げ、ふたたびメディアに登場したソンタグは、イラストにあるようなヘアスタイル——黒く染めた髪に、まるでメッシュのような白い前髪が光っている——となり、それは以後、彼女のトレードマークのようになりました（左図）。

ただし、このヘアスタイルは、化学療法の副作用で髪の色が完全に抜け落ちてしまったことに対する苦肉の策でした。すべてを染めるよりも一部を残した方がよいというのは、彼女を担当した美容師のアドバイスによるものだったと言われています。

復帰後も、ソンタグの行動力は

『食人種のためのデュエット』DVDジャケット

衰えることを知りませんでした。

一九八七年から八九年にかけて、アメリカ・ペンクラブの会長を務めたソンタグは、九二年、初期の前衛小説から大きくスタイルを変えた歴史小説『火山に恋して』を刊行。二〇〇〇年には、アメリカに移住したポーランド人女優の運命を描いた長編小説『イン・アメリカ』で、全米図書賞を受賞します。

そして迎えた、二〇〇一年九月一一日。

滞在先のドイツにて、母国で起きた同時多発テロの映像を目の当たりにしたソンタグは、即座に文章を発表します。事件から一週間も経(た)たないうちに、雑誌〈ニューヨーカー〉に発表された原稿には、テロリストに対する非難に先んじて、イラクへの爆撃をやめない合衆国への率直な批判が書かれていました。

耐え忍ぶことをやめ、行動する強さを手にしたスーザン・ソンタグ。

批評家、小説家、そして母親として激動の時代を生き抜いた彼女は、二〇〇四年、息子デイヴィッドに見守られ、ニューヨークにて波乱の生涯に幕を下ろします。

享年七一でした——。

評価を二分するソンタグ像

悲劇的な状況を自力で打開し、一躍時代の寵児となるも、その絶頂期にがんという試練に襲われたソンタグは、けれども、不屈なる精神でその試練に打ち勝ち、やがて円熟した晩年を迎えたのでした――。

象徴的な日記の一節から語り起こされる、そんなソンタグの生涯は、確かにドラマチックで印象的だ。きっと、これを豊富なイメージ映像とともに視聴したならば、スーザン・ソンタグという偉人に対する理解は一気に促進されることだろう。

とはいえ、もしもこれが本当のテレビ番組であれば、余韻に浸る間もなくCMが流れ、やがてソンタグとは無関係な別番組が始まる。ソンタグは言う、「テレビで語られる〈ストーリー〉というものは、逸話好きの私たちを満足させつつも、理解し合うことを互いに打ち消し合うような手本を示してくれる」のだと。そして、「テレビが暗に主張しているのは、情報というものはすべからく潜在的な意義を持つ（あるいは「興味深い」）ものであり、いずれのストーリーにも終わりはないということ」なのであると。[*4]

誰かの人生を興味深く語り直して映像化するということは、多くの人々にその人の偉大さを伝えてくれるという意味で重要だ。しかし、それと同時に、興味深い映像コンテンツとなってしまった当人の人生は、その偉大さを矮小化され、そして、巷に溢れる多くの「興味深いエピソード」の一つに成り下がってしまう。

どうやら、テレビ的語りは便利かつ影響力がある分、その副作用として、取材対象や映像の主題そのものの力を削ぎ落とすことにもなるらしい。であるとするならば、私たちはいったいどうやってソンタグを語り直してみるべきだろうか？

「才女」とは誰か？

あらためて、ソンタグの批評家デビューの瞬間を振り返ってみよう。

一九六六年、アメリカで出版された『反解釈』は、ただちにペーパーバック版が刷られるほどの話題の書となった。そして、その新たな版の表紙には、視線をわずかにそらせた印象的な著者の写真があしらわれることになり、ここに至って、ソンタグの「顔」は文字どおり世界に売られることとなったのである。

以後、ソンタグは現代アメリカを代表する知識人として広く認知され、二一世紀の今も、彼女の遺した言葉はさまざまな媒体で引用され参照されている。哲学、文学、映画、写真、病、ウイルス、戦争、ポルノグラフィ……と、現代社会を考える上で必要と判断されたものはなんであれ、みずからの批評の対象としてきたソンタグの書き手としての懐の深さは、時代を超えて数多（あまた）の思想家・批評家に影響を与え続けているのだ。

さて、批評家ソンタグの本格的なスタート地点となった一九六六年のアメリカといえば、後にアメリカ最大のフェミニスト団体となる全米女性組織〈ＮＯＷ〉が立ち上げられ、かつまた、サンフランシスコでは、トランスジェンダー差別への反発が暴動のかたちとなった〈コンプトンズ・カフェテリアの反乱〉が起こった年でもあった。

人種や階級、そしてジェンダーといった問題をめぐって、既存の価値観がそこかしこで突き崩されようとしていた時代に、ソンタグの『反解釈』はいったいどのような主張を展開し、かつまた、それは遠く日本において、どのようなかたちで受容されたのか。

『反解釈』ペーパーバック版の表紙

すでに紹介した日本語版『反解釈』の文庫の巻末には、その初版の単行本（一九七一年）に収録されていたという、かっての訳者解説が載っている。

彼女の批評的立場のマニフェストとも言うべきこの評論の論旨は、平たく言ってしまえば、〈意味なんか知らないよ、解釈なんかするもんか、感じちゃえ、触っちまえ、見ろ、聞け……〉ということなのだが、もう少しもっともらしく言い直してみると——[*5]

「反解釈」という表題作の趣旨を簡潔に教えてくれるこの文章について、解説を担当した訳者代表の英文学者・高橋康也は、こうした自身のいささか前のめりな筆づかいに言及し、ここには一九六〇年代当時に訳者らが覚えた時代の高揚感が見て取れるのだと、一九九六年の文庫版で懐かしげに語っている。

原書のタイトルを直訳すれば「解釈にあらがう」となる同書の魅力は、それまで権威だとされていた言説を否定し、若者文化の現場から声を上げるという、反体制的な姿勢にこそ求められるものだった。ただし、そうしたことを確認した上で、一九七〇年代初頭の高橋は、これに「もっともらしい言い直し」を書き足した。すなわち、ソンタグの独自性を論じる上で重要になるのは、「ラディカル」「ユダヤ人」「才女」という三つの要素であり、これら抜きではソンタグがどうしてかようなみずみずしさとしなやかさと爽やかさを持ちえたのか説明がつかないというのだ。

ところが一方で、そうした「言い直し」の後に高橋は、「しかし結局のところ、ソンタグを読むのに〈ユダヤ人〉とか〈ラディカル〉とか〈才女〉とかの修飾語は必要ではない」とも言い添える。[*6] これはいったいどういうことか。

さながら禅問答のような高橋の説明は、実はそれ自体がソンタグ的な論法の実践でもあった。つまり、修飾語によるラベリングは、ソンタグが批判する解釈行為の一つなのであり、そのような知性のあり方を糾弾することこそが「反解釈」を読むことの最大の意義であるのだが、そのためにも彼らは、あらかじめ糾弾されるべきラベリングをソンタグ自身にも施しておく必要があった、というわけである。

しかしながら、当時の訳者たちにとって、そうしたソンタグ流の「反解釈」の態度を徹底させることはなかなかに難しかったようだ。とりわけ、「才女」という表現に潜む、「女なのに知的」という偏見を意識化するには、私たちは一九九六年の文庫版を待たねばならなかった。

スーザン・ソンタグの評論集『反解釈』がニューヨークで出版されたのは、パリの五月革命に二年先立つ一九六六年。欧米で話題騒然という感じだったその本を私たちが訳出したのは、ちょっと遅れたが、一九七一年。つまり、「若者の反乱」を核とするいわゆる「六〇年代文化」の季節の高揚感が、この本の記憶には色濃くしみ込んでいる。あの時代の精神風土へのいささかの記念にはなるかもしれないと思って、翻訳旧版に付した私の解説文は（四半世紀をへて読み返してみて面映ゆさを禁じえないが）あえてそのまま残すことにした。ただし「ラディカルな才女」というそのタイトルだけは削除した。[*7]

（傍点引用者）

このように、訳者代表の高橋は、みずからの文章を六〇年代文化への記念として残しつつ、ただ一点、ソンタグという存在を安易に「解釈」してしまった「ラディカルな才女」という言葉だけは、その文庫版においてようやく削除したのである。

ソンタグのアフォリズム

ちなみに、この「才女」という言葉と関連の深い表現として、日本語版の解説には「みずみずしさ」「しなやかさ」「爽やかさ」といったフレーズが使用されているのだが、こうしたソンタグ作品の読後感は、はたしてどの程度まで当時の読者と共有されていたのだろうか。

というのも、ソンタグの批評はいずれも、緊張感をはらんだ断定的かつ挑発的な口調を保ちつつ、想定される多くの異論に対して執拗（しつよう）かつ多角的にみずからの主張を展開していくのが特徴であり、それは澱（よど）みのなさや屈託のなさを表現する「みずみずしさ」「しなやかさ」「爽やかさ」といったフレーズとは必ずしも合致しないように思えてしまうからだ。

ではいったいなぜ、訳者たちはソンタグを、そうした感覚的かつ身体的な表現で捉えることを良しとしたのか。

想像するに、彼らが念頭においていたのは、ソンタグがいつも絶妙なタイミングで読者に差し出してくる、次のようなアフォリズム（警句／箴言（しんげん））の「みずみずしさ」であり「しなやかさ」であり「爽やかさ」であったのだろう。

解釈とは、世界に対する知性の報復である。

アート作品におけるもっとも効果的な要素は、往々にして、その沈黙だ。

カメラは銃を理想化したものであるから、誰かを撮影することは理想化された殺人――悲しく、怯(おび)えた時代にぴったりの、ソフトな殺人を犯すことなのである。[*8]

いかがだろうか。

ソンタグの批評は、読む人の脳を知的興奮で沸騰させつつも、こうした差し水のようなアフォリズムを、たとえばパラグラフの終わりに頃合い良く投入してくれる。だからだろう、彼女の繰り出す印象的なセンテンスは、今もさまざまなメディアで引用されている。たとえば、視覚技術の革新についてであれば『写真論』を、戦地の惨状についてであれば『他者の苦痛へのまなざし』を、そして、パンデミックの脅威と不可解さについてであれば『エイズとその隠喩』を引用するといった具合にである。

ちなみに、没後一五周年となる二〇一九年には、ニューヨークのメトロポリタン美術館にて、「《キャンプ》についてのノート」をフレームワークとする企画展が開催された。グッチが協賛し、主にファッションの側面からキャンプというコンセプトに迫った同企画展では、「もっとも洗練された性的魅力は（もっとも洗練された性的快楽のかたちと同様に）、生物学的な性に逆らおうとするところに存在する」といったソンタグのアフォリズムを具現化したようなコスチュームが、高級デパートのショーウィンドウさながらの佇まいで展示されていた。[*9]

そして、同時代のポップアーティストたるアンディ・ウォーホルのカメラによるソンタグの映像を繰り返し流すスクリーンの横には、ウォーホルの代表作〈キャンベルスープの缶〉をあしらったワンピースが展示されており、来場者の多くはきっと、そこにあの「感じちゃえ、触っちまえ、見ろ、聞け」といったような、六〇年代の感覚的かつ身体的なメッセージを読み取ったことだろう。

ただし、こうした現代からの振り返りが、スーザン・ソンタグという書き手の態度を、あらためて単純化してしまっていることは否めない。なにより、女なのに知的といったたぐいの偏見は、残念ながら、日本に限らずアメリカでも健在であり、本人不在の今もなお、「女であること」は、ソンタグをネタにするゴシップやスキャンダルの量産に一役買っている。

たとえば、先述した評伝『ソンタグ』の著者であるモーザーもまた、その執筆動機として、ソンタグにまつわる偏見の払拭(ふっしょく)といったことを述べている。

かなり以前から気づいていたことではありますが、人々は、ソンタグの髪であるとか、彼女がしょっちゅう息子を連れてパーティーに出席していたことであるとか、そうしたことについては苛烈なまでの意見をもっているのに、実は彼らは、彼女の本を読んだことがないのです。どういうわけか、彼女の個性とゴシップが、その著作を押しつぶしてしまったんですね。写真に写ったこの女性は簡単に認識できますが、とてもチャレンジングなその著作の、膨大な本文にあたるのは、あまりにたいへんな作業なのです。[*10]

かくして、みずからソンタグの著作を精査し、かつまた、彼女をとりまくゴシップの真相に、多くのインタビューによって肉薄してみせるモーザーは、「不屈の思想家、社会にコミットする市民、パワフルな女性」というポジティブな評価と、「性的倒錯者、知性の崩壊の兆候、アメリカの裏切り者」というネガティブな評価（というよりも誹謗中傷）の、その両方のバランスをとるような評伝を完成させた。[*11]

　しかし、これまた口惜しいことに、モーザーが暴き立てるソンタグの人生もまた、その細部が語られれば語られるほど、彼女の思想の輝きを失わせ、味気ないものにしていく。というのも、彼の膨大な調査を壮大な物語に仕立て上げた評伝は、そのボリュームによって、ソンタグの思想を押しつぶしてしまっているからだ。

評伝『ソンタグ』の著者ベンジャミン・モーザー（2020年）
写真：Getty Images

　テレビ的語りもダメ、評伝的語りもダメ。そんなことを言われては、まったくもって手詰まりではないか……と諦めるのは、もう少し待ってほしい。私たちはきっと、ソンタグの生涯とその仕事との関係を、あまりに拙速に（あるいはあまりに熱心に）結びつけようとしてしまっているのだ。

　ソンタグの生涯はどのように語られるべきか？と問いかけると同時に、あらためて、ソンタグの仕事と生涯はどのような関係性のもとに語られるべきか？と問いかけてみること。

次章では、そのための重要な概念となる、ヴァルネラビリティというものを中心にすえて、ソンタグの「カッコよさ」と「カッコ悪さ」に迫っていこう。

第4章　暴かれるソンタグの過去

漱石を読むソンタグ

評伝における暴露から、ネット上に拡散する他愛もないゴシップに至るまで、清廉潔白なイメージの強い批評家や思想家たちの「過去」を暴こうとする行為は、それを聞かされた者のみならず、暴き立てた側の心そのものを暗くする。

次に引用するのは、夏目漱石の小説『こころ』の一節だが、尊敬する相手が一瞬にして「罪人」に変わるといった記述は、まさにソンタグの過去を暴こうとしている私たちにとって、痛烈な響きを持って迫ってくるだろう。

「あなたは私の思想とか意見とかいうものと、私の過去とを、ごちゃごちゃに考えているんじゃありませんか。〔……〕」

「別問題とは思われません。先生の過去が生み出した思想だから、私は重きを置くのです。二つのものを切り離したら、私には殆んど価値のないものになります。私は魂の吹き込まれていない人形を与えられただけで、満足は出来ないのです」

〔……〕

「私の過去を訐(あば)いてもですか」

訐くという言葉が、突然恐ろしい響(ひびき)を以(もっ)て、私の耳を打った。私は今私の前に坐(すわ)っているのが、一人の罪人(ざいにん)であって、不断から尊敬している先生でないような気がした[*1]。


語り手の「私」は「先生」を慕うがゆえに、彼の言葉のみならず、生身の人間としての彼の過去を知りたがる。けれど、その結びつきを、たとえ文学的な形式であれ白日のもとにさらしてしまおうとすることは、「先生」である相手を「罪人」に貶(おとし)めてしまうほどの、悲しい結果しか生まない。

ちなみに、日本文学にも強い関心を抱いていたソンタグは、漱石について、「世界文学のヨーロッパ中心主義が周縁に追いやってきた多産な天才作家」と、とある論考に書いている。[*2] このとき、漱石を紹介する立場にあるはずのソンタグが、その漱石に我が身を重ね合わせていたであろうことは想像にかたくない。というのも、多産な天才作家／批評家であったソンタグもまた、欧米における男性中心主義によって、その存在を周縁に追いやられてきたと自覚しているからだ。

同じ論考のなかで、ソンタグは、『吾輩は猫である』からサミュエル・ベケット作品へと至る、極度に自己没入した語り手を引き合いに出しながら、もしも女性の語り手が、そうした男性的な語り手と同様の「心理的な鋭敏さや感情面での孤立」を示したならば、彼女らはたちまちに「モンスター」とみなされてしまうだろうと指摘し、慨嘆している。[*3]

事実、「不屈の思想家、社会にコミットする市民、パワフルな女性」でありながら「性的倒錯者、知性の崩壊の兆候、アメリカの裏切り者」といったソンタグに対する矛盾する評価は、多くの傍観者たちが、ソンタグという書き手／語り手を「モンスター」としてみなしてきた証左でもあるのだ。

翻訳としての解釈

写真と動画と活字によって徹底的に情報化され、逸話化され、結果として産み落とされた「モンスター」としてのソンタグ像は、批評家としての彼女の評価を高めると同時に、それを貶めるゴシップやスキャンダルの源泉としても流用されてきた。

もちろん、歴史上の人物に対するゴシップやスキャンダルを傍観者的に楽しみつつ、彼らの思想や業績を効率良く学ぶという方法もあるにはある。だがしかし、ことソンタグに限って言えば、そうした学びは本末転倒と言わざるをえない。なぜなら、「ソンタグは、本当はこういう人物だったのです」という「解釈」こそ、ソンタグが生涯をかけてあらがってきたものだからだ。

『反解釈』に、こんな指摘がある。

解釈の仕事とは、実質的に翻訳なのである。解釈者は言う、いいですか、Xというのは本当はAなんです（あるいは、本当はAを意味しているんです）。Yは本当はBでして、Zは本当はCなんです。[*4]

翻訳としての解釈は、XをXとして語ることを、私たちに許さない。近親者の回想録にせよ、資料や証言に基づく評伝にせよ、さらには、そうした評伝を元ネタとする雑誌記事や、教養系の啓発書のなかの人物紹介にしても、これらすべてをソンタグの「過去」の解釈であり翻訳であると考えるのであれば、そこにはきっとソンタグその人はいない、ということになるだろう。

ソンタグのなかのヴァルネラブルな子ども

一方で、一九七〇年代の終わりにソンタグは、〈ローリング・ストーン〉誌のインタビューにて、みずからのモンスター性をやんわりと拒絶するようなコメントを残してもいる。

有名人はいつだってこう言いたがっているんです、自分は本当は、ヴァルネラブルな小さな子どもなんだって。気づきませんでした？（笑）彼らは、畏怖すべき存在として扱われることにうんざりしているから、誰かが口を開く前にそういうことを言うんです。

――あなたは、言いませんよね。それにあなたは、確かに畏怖すべき存在ですし。

私も言いますよ。でも、あなたとはそういった間柄ではないでしょう。親密な関係になりたい相手であれば、私はただの子どもなんだって、すぐにでも説明するもの。[*5]

ここに登場する「ヴァルネラブル」とは、「ヴァルネラビリティ」という概念のもととなる形容詞である。「脆弱性」「被傷性」「可傷性」「攻撃誘発性」など、ヴァルネラビリティという言葉はさまざまに訳されているが、ここでは、誰かに依存している存在、あるいは庇護されるべき存在を形容するために、ヴァルネラブルという言葉が使用されている。もちろん、これはインタビューにおける発言のため、ソンタグの用語の使用法は比較的カジュアルなものとなっている。だが、たとえば近年の言論では、現代フェミニズムを牽引するジュディス・バトラーによる以下のような説明を参照する必要があるだろう。

可傷性は、依存とまったく同じものではない。私は生きるために誰かに、何かに、あるいは何らかの条件に依存している。しかし、その人が姿を消したり、その対象が撤収されたり、社会制度が崩壊したりすると、私は、生存不可能な形で剝奪され、遺棄され、あるいは曝されやすくなる。[*6]

（『非暴力の力』佐藤嘉幸・清水知子訳、以下同）

この議論の前提として、バトラーは、「依存」の対義語が「自立」とされていることを問題視している。確かに、私たちは他者の助けを借りながらも、いつかは自立できることを理想としているけれど、そうした考え方には落とし穴があるというのだ。

たとえば、子どもや高齢者や障がい者のケアの現場では、依存する者とされる者の関係が、一見したところ非対称なもののように思われるが、それは本当にそうなのだろうか？とバトラーは問いかける。「私が言いたいのは、実際には誰も自立していないし、厳密に言えば、誰も自力で食事をしているわけではない、ということだ」[*7]。

バトラーの主張をごく簡単にまとめてしまうと、私たちは押し並べてヴァルネラブルな存在であり、だからこそ（「依存」と「自立」に対応するような）「可傷的なもの」と「非可傷的なもの」といった対立を簡単には認めてはならない、ということになる。

ソンタグの場合にしても、「私はただの子どもなんだ」というヴァルネラビリティの表明は、決してみずからの自立を否定しているわけでもなければ、相手への依存状態を自明視しているわけでもない。ただ、ソンタグの回答が巧みであったのは、「私はただの子どもなんだ」と（他の有名人に関する一般論にあわせるようにして）口にしつつも、目の前のインタビュアーには「あなたとはそういった間柄ではない（から言わない）」といった、二重のメッセージを提示してみせたことにある。

ソンタグの言葉にふれるということは、往々にしてこういった矛盾のトーンに「カッコよさ」を見出（みいだ）すことでもあるのだが、これも、生身の人間としてのソンタグ像が固定化し、ときにそれが聖人君子化でもしようものなら、たちまちに「カッコ悪い」ものとなっていく。

事実、常に正論を吐く強い女性、といった解釈に染め上げられたソンタグのイメージは、彼女の死後にますます強まった。本来の豊かさを失い、萎縮していったソンタグ像は、たとえ新しい証言を集めた評伝が書かれ、プライベートな写真が発掘されても、それらは結局、「あんなに強いソンタグも、本当はこんなに弱かった」という評判を広めるだけのもの——すなわち、「ヴァルネラブルな小さな子ども」というものは、単なる「強い女性」の裏返しに過ぎないという、誤った言説を拡散させてしまうことになってしまったのである。

他者の「脆さ」に関与すること

ヴァルネラビリティは、ラテン語の「ウルヌス」（傷）を語源とする言葉であり、つまりは「傷つきうる状態」としての「脆さ」ということを意味しているのであるが、漱石の『こころ』にも、やはり人間の「脆さ」について語ったこんな一節がある。

「しかし人間は健康にしろ病気にしろ、どっちにしても脆いものですね。いつどんな事でどんな死にようをしないとも限らないから」[*8]

これは、語り手の父の腎臓病に絡めて、人間の脆弱性というものを「先生」が語ったシーンだ。漱石自身、幼少期より天然痘や結核、そして慢性的な胃痛に苦しんできたことは有名だが、ここで重要なのは、存在の抱える脆さというものが、病気か否かにかかわらず、死という誰にも逃れられない運命から逆算するかたちで語られていることである。

漱石の場合、こうした人間存在の「脆さ」は、たとえば小説というかたちで詳細に語られることによって、いくらかは食い止めうるものとなっていた。実際、自殺してしまった「先生」は、みずからのこころの脆さを告白した手紙を遺すことで、『こころ』を読む私たちの胸の中に、決して死滅することのない何かを刻み込むことに成功している。

一方でソンタグは、存在の抱えるヴァルネラビリティというものについて、漱石の『こころ』とはまた異なる批評的アプローチを試みてきた。たとえば、写真撮影という行為について、ソンタグは次のように書いている。

写真を撮ることは、他の誰かが抱える（あるいは他の事物が抱える）死すべき運命、ヴァルネラビリティ、移ろいやすさといったものに関与することである。[*9]

本来であれば、写真撮影とは、時の流れにあらがう行為であるはずだ。それは、旅先での記念写真や、あるいは、今まさにテーブルに運ばれてきた食事の、その盛り付けが崩される前にシャッターを切らねばという、現代的な欲求からも明らかである。だが、ソンタグは、そうした写真撮影こそが、被写体の「死すべき運命」に加担し、そしてそれを促進していると論じる。

いったい、これはどういうことか。

漱石も言うように、私たちはみな死すべき存在であり、「どっちにしても脆いもの」である。もちろん、常にそうしたことを意識して暮らしているわけではない。ただ、私たちはふとした瞬間に、「ああ、今というときは永遠ではないのだ」ということに気づいてしまう。

そんなとき、私たちは何をするか。

もしもカメラを持っていたならば、あなたは目の前の光景を撮影するだろう、とソンタグは言う。そしてシャッターを切りながら、いまだ訪れていない未来としての「死」というものに、私たちは関与を始める。

> 今はノスタルジックな時代の真っ只中（まっただなか）であり、写真は実際にノスタルジアをかきたてる。〔……〕すべての写真は、死を思え（メメント・モリ）なのである。*10

目の前の光景に、いささか早すぎるノスタルジーを感じてしまうこと。そして、被写体が内在させている「死すべき運命」としてのヴァルネラビリティに、撮影者として関わりをもってしまうこと。もちろん、そうしたことに私たちが気づけたとして、その次はいったいどうすればいいのか。

（不）誠実な鑑賞者

この問いかけに向き合うためには、私たちはまず、写真からネット動画に至る、あらゆるイメージを対象とする覚悟を持たなくてはならないだろう。

ソンタグは、その晩年にすでに力を持ち始めていたネット動画にも眉をひそめながら、次のように語っている。

途切れのない映像表現（テレビ放送、動画のネット配信、映画）という私たちの環境にあって、記憶にとどめるという点では、写真の方がより印象的である。記憶はコマ送りで再生されるのだが、それはその構成単位が一枚のイメージだからだ。情報過多の時代にあって、写真は一瞬で物事を理解し、コンパクトなかたちでそれを記憶する手助けをしてくれるのである。[*11]

若い頃からテレビ嫌いを公言してきたソンタグではあるが、一方で彼女は、批評界でも一、二を争うシネフィル（映画愛好家）として名を馳（は）せてきた。つまり、ソンタグはテレビを「映像だから」嫌っているのではなく、それが「（映画と違って）無秩序に流れる映像だから」嫌っているのである。あえてソンタグの好みに順位づけをするならば、テレビより映画、映画より写真、といった具合になるだろうか。

かくして、ドキュメンタリー番組のように一見まとまりを持っているような映像作品であっても、それはテレビ放送の無秩序な流れにのせられたときに、映像としての真の力を失う。それればかりか、まるで写真の効果を模倣するかのような「クロースアップ」の手法がテレビに流用された際には、そこには無益というよりむしろ害悪と呼べるような負の効果が現れる可能性があると、ソンタグは強い言葉で私たちに警告しているのである。

晩年のソンタグは、さらに次のようにも書いている。

> イメージを介して他人の苦痛を想像し、分かったつもりになることで、特権的な視聴者ははるか彼方（かなた）の――テレビ画面に大写しにされた――被害者と結びついた気になるが、それは単純に虚偽であり、それればかりか、私たちが権力の側と関わりを持っていることを、また一つごまかしているに過ぎないのだ。[*12]

テレビ的な情報の「無秩序な流れ」は、逸話好きな私たちの不誠実な娯楽となり、そればかりか、テレビが写真のクロースアップ効果を模倣するとき、それは、ヴァルネラブルな被写体への安易な同情を誘うばかりでなく、視聴者たちの無意識に、「まさか自分たちが、彼らを苦しめる権力の側に加担しているはずはないだろう」といった思い込みを刷り込んでしまうのだと、ソンタグは主張する。

正確な知識を得よう、記憶を新鮮にしよう、そして、あわよくば倫理的に正しいと思える感性を育てよう――映像表現に対するそうした誠実な態度こそが、実は鑑賞者の不誠実さを増幅させてしまうという皮肉。もちろん、こうしたことは戦争ドキュメンタリーに限らず、教養を目的とした人物ドキュメンタリーにも見つけ出すことができる。

そう、私が前章で試みたような、ドキュメンタリー仕立ての語りとイメージの使用においても、同様のごまかしは、やはりいかんなく発揮されてしまっていたのである。

第5章　『写真論』とヴァルネラビリティ

写真にあらがう

全米批評家協会賞を受賞した『写真論』は、その原題を『オン・フォトグラフィー（On Photography）』という。その意味は「写真について」であるのだが、表象文化論の大家たるW・J・T・ミッチェルも言うように、もしもその本質をストレートに表現したならば、そのタイトルは「アゲインスト・フォトグラフィー」――「反写真」となるべきだったのかもしれない。[*1]同様のことは、たとえば写真批評家の倉石信乃（しの）も主張しており、そのスタンスは、彼の著書『反写真論』（一九九九年）にも引き継がれている。[*2]

さて、すでに確認したとおり、ソンタグの『写真論』の核心には、被写体のヴァルネラビリティへの関与、ということがあった。だが、より具体的に、被写体のヴァルネラビリティとはどのようなものなのであろうか？

極端な例として、自動車事故現場の写真を考えてみよう。

事故現場には、見るも無残なかたちになった車体があり、そして、重傷を負った被害者がいる。それは、ヴァルネラビリティがあからさまに視覚化された状態であり、現場に立ち会った人間であれば、まずは救助に向かうのが当然の選択とされる。

だが、ここで一つ問題が生じる。

たとえば、あなたは今、その手にカメラを持っているとしよう。

ひょっとしたら、この現場を写真に残すことも必要かもしれない、とあなたは思う。もちろん、本当のところは単なる興味本位なのかもしれない。あるいは、あなたがプロの写真家であれば、その一枚が、歴史的にも大きな意味を持つかもしれない。

いずれにせよ、助けを求める被害者を前にして、撮影を選べば、被写体となったその人は絶命するかもしれない。こうした場合、はたして人はどうするべきなのか。

ソンタグにとって、写真を撮ることとは、介入であると同時に不介入の行為でもあるとされる。なぜなら、救助というかたちで事故に介入しようとするならば、その人は記録することができないし、一方で、記録というかたちで事故に介入しようとするならば、その人は事故そのものには介入することができないからだ。

では、たとえばあなたが不介入を選んだとしよう。そのとき、あなたのカメラはいったい何を撮影したことになるのか。あらためて、ソンタグのあの言葉を引用しておこう。

写真を撮ることは、他の誰かが抱える（あるいは他の事物が抱える）死すべき運命、ヴァルネラビリティ、移ろいやすさといったものに関与することである。[*3]

ここにあるとおり、その撮影行為は、被写体の「死」そのものではなく、そこに至る運命としての、ヴァルネラビリティへの関与である。そして、撮影者としてのあなたは、他者のヴァルネラビリティを可視化すると同時に、未来に現れるはずのその写真の鑑賞者に対して、人間の脆(もろ)さとは何か、交通事故がもたらす破壊とは何かを伝える役割を担う。

ただし、そのような写真による介入は、あなたと被写体とのあいだになんらかの共犯関係が結ばれなくてはならないから、ことはそれほど単純ではない。この点を、ソンタグの他の論考も参照しつつ、さらに詳しく探っていこう。

惨劇と絶滅を撮ること

たとえば、ソンタグの初期批評には、日本の怪獣映画に言及したものがある。「惨劇のイマジネーション」と題されたその論考で、ソンタグは、あの『ゴジラ』を監督した本多猪四郎の作品を絶賛し（それは「キャンプ」でもあったことを思い出そう）、通俗的なSF映画だからこそ描きうる惨劇のイメージがあることを指摘した。ソンタグは、その惨劇の描写についても、ヴァルネラビリティという言葉を使って考えを述べている[*4]。

怪獣ものを始めとするSF映画の最大の見どころは、怪獣たちのヴァルネラビリティ（弱点）が発見され、それが攻撃されるシーンに求められる、とソンタグは言う。なにより、怪獣たちの登場により暴露された人間社会のヴァルネラビリティ（それは、ビルの倒壊やガスタンクの爆発などで可視化される）は、私たち鑑賞者にとって実にあらがい難い魅力となっているのだと。

こうした批評を通じてソンタグは、たとえ怪獣映画であっても（いや怪獣映画のような通俗作品であるからこそ）、そこには人間の根源的な不安と欲望が様式化されて表現されていることを指摘せずにはいられなかった。

かくして、カメラというものは、それ自体が暴力と密接なつながりを持つものとされる。第3章でもふれたが、以下に引用するソンタグの『写真論』からのアフォリズムは、それをあまりに見事に表現している。

カメラは銃を理想化したものであるから、誰かを撮影することは理想化された殺人——悲しく、怯(おび)えた時代にぴったりの、ソフトな殺人を犯すことなのである。[*5]

いやいやそれも詭弁(きべん)だろう……と、多くの（素朴な）写真愛好家たちは顔をしかめるかもしれない。だが、ソンタグにしてみれば、他者のヴァルネラビリティへの関与をやめない暴力的なツールという意味において、カメラは銃と等価であった。

そしてまた、こうしたカメラの暴力性は、惨劇もなく、観光地化もされていない、手付かずの自然の風景を撮影する場合においても例外とはされない。というのも、失われていく自然や、滅びゆく動物たちに向けられたカメラというものもまた、それらの美しさが傷つけられ、踏みにじられ、そして失われていくことを知覚したいがために必要とされる道具であったからだ。

自然——飼い慣らされ、危機に瀕し、死を免れないそれは、今や人間たちからの保護を必要としている。怖がっているときの私たちは、銃を撃っていた。ノスタルジックな気分のとき、私たちは写真を撮るのである。[*6]

このように、たとえ環境保護の名のもとに撮られた写真であっても、それを批評的に考察する際には、対象のヴァルネラビリティに対する撮影者の側の「関与」の姿勢——それは怯えなのかノスタルジーなのか——もまた徹底的に問わなければならないとソンタグは主張するのである。

プラトンの洞窟で

ところで、『写真論』の最初の章のタイトルは「プラトンの洞窟で」とされている。ここでの「プラトン」とは、あの古代ギリシアの哲学者たるプラトンであり、彼の洞窟と言われているのは、その著書『国家』に書かれた以下のような記述に基づく有名な比喩である。

――地下にある洞窟状の住いのなかにいる人間たちを思い描いてもらおう。〔……〕人間たちはこの住いのなかで、子供のときからずっと手足も首も縛られたままでいるので、そこから動くこともできないし、また前のほうばかり見ていることになって、縛めのために、頭をうしろへめぐらすことはできないのだ。彼らの上方はるかのところに、火が燃えていて、その光が彼らのうしろから照らしている。〔……〕そのような状態に置かれた囚人たちは、自分自身やお互いどうしについて、自分たちの正面にある洞窟の一部に火の光で投影される影のほかに、何か別のものを見たことがあると君は思うかね？[*7]

（傍点原文、藤沢令夫訳）

プラトンはこのあと、洞窟の外にある「光」（＝〈善〉）を見られるように促すことこそが「教育」であり、そのような上昇を経た者たちは、今度はふたたび「闇」（＝「みじめな人間界」）に戻るべきだと説いている。このとき、闇から光に上昇する際にも、光から闇へ下降する際にも、いずれの場合も人は「目の混乱」を生じさせてしまい、それゆえに俗世にいる者たちは、光の中から戻ってきた哲学者たちに対して「あの男は上へ登って行ったために、目をすっかりだめにして帰ってきたのだ」と嘲ることもあるかもしれないのだが、たとえそうだとしても、教育を積んだ人間には「闇」に戻る責務があるのだと、プラトンは主張する。[*8]

さて、こうしたプラトンの寓話を引き合いに出しつつ、ソンタグは以下のように、イメージの生産と消費によってのみ世界を知った気になっている現代人を批判してみせる。

人類は改心することなく、プラトンの洞窟のなかにとどまっている。古臭い習慣によって、彼らは真実のイメージに過ぎないものにいまだ熱狂しているのだ。[*9]

プラトンの洞窟に「影」として揺らめいていた「真実のイメージ」は、一九七〇年代の世界にあっては「写真」のような機械的な映像に代表される。それればかりか、ソンタグの『写真論』では、世界を見る「目」そのものが複数化しているのだが、このことについてはもう少し説明が必要だろう。

「プラトンの洞窟で」から、該当する箇所を引用しておこう。

撮影する目（フォトグラフィング・アイ）の持つ非常な貪欲さによって、この洞窟――つまり、私たちの世界――における幽閉状態というのは、その意味を変えるのだ。新たなる視覚のコードを私たちに教える写真は、見るに値するものは何か、観察する権利のあるものは何か、ということについての考え方を変容させ拡張する。写真は文法であり、より重要なことには、見ることの倫理なのである。[*10]

プラトンが世界を見る「目」を問題としたとき、それが信頼に足る視力をもった人間の目であることは自明であったが、ソンタグの場合は違っている。この現代社会は、最初にカメラという「撮影する目」によって目撃され、そのあとで私たち人間の目は、何を見るべきで何を見るべきでないかを、ほとんど後天的に学んでいくものとされるのだ。そして、こういった「フォトグラフィング・アイ」との共生を受け入れた私たちは、最終的には「見る」という生来の特権すらも、写真と分け合うことになってしまうのである。

批評家ソンタグの「暗順応」

ソンタグが現代社会に応用した洞窟の比喩を、もう少し確認しておこう。

明るい戸外から真っ暗な劇場に足を踏み入れると、しばらくは何も見えないが、やがてゆっくりと目が慣れてくる。これは「暗順応」と呼ばれる現象なのだが、プラトンは、この暗順応を比喩として、教育を受けた者がふたたび俗世に戻る際の苦悩を説いてみせた。

では一方で、「写真」というものによって「見ることの倫理」が規定されるような俗世を批評しようとするソンタグは、いったいどの程度まで明るい場所から——すなわち、洞窟の外のどのくらい遠くの地点から、この現代の洞窟に戻ってきたというのだろうか。

ソンタグの暗順応は、端的に言えば、文字の世界から写真の世界へというプロセスにおいて生じている。つまり、詩人や作家や哲学者の言葉によって教育されたソンタグは、いわば文字の世界の「明るさ」に目が慣れた批評家であり、そんな彼女が、写真によって表現される世界の「暗さ」にあらためて目をくらまされる様を記録した文章が『写真論』であった、とも言えるのである。

『写真論』の二番目の章の「写真でみる暗いアメリカ」は、その章題が示すとおり、ソンタグによる暗順応の告白となっている。詩人ウォルト・ホイットマンの言葉を引用するソンタグは、その文学的な「光」について、以下のように述べている。

ウォルト・ホイットマンは、文化の民主的な眺望を見下ろしながら、美しさと醜さの違いや、重要であることと些細なことの違いの、その先を見ようと努めた。〔……〕ホイットマンのアメリカにおいて、すべての事実は、たとえとるに足りない物事であっても、白熱電球さながらに光り輝いている――歴史によって現実味を与えられた、その理想の空間では「事実は光に照らされて生じる」のであった。[*11]

美しいものと醜いもののあいだに優劣をつけず、それぞれの個性を重視しながら、民主的な国家の理想を謳ったホイットマン。詩集『草の葉』（一八五五年）によってその名を知られるこのアメリカ詩人のテクストは、アメリカにおける自由のあり方を方向づけ、文学以外の芸術ジャンルにも多大な影響を与えてきた。

そんなホイットマンとほぼ同時代に誕生した写真だが、ソンタグ曰く、その歴史は「ホイットマンの計画への賛同から侵食、そして最後は、そのパロディへと移行していった」

写真家ダイアン・アーバス（1969年）
写真：Elliott Erwitt/Magnum Photos/アフロ

という。[*12] つまり、『写真論』が書かれた一九七〇年代の時点ではすでに、ホイットマン的な理想の「光」は、アメリカという洞窟を直接照らすことはなくなっていたのである。

ダイアン・アーバスの暗いアメリカ

文字の世界から写真の世界に戻り、そうしてようやく洞窟の闇にも慣れてきたソンタグ。一九六〇年代がすでに過去のものとなってしまった現代アメリカにおいて、あらためて彼女が検証すべきだと考えた対象は、アンディ・ウォーホルによるケバケバしいポップなアート写真と、ダイアン・アーバスによる白々としたフリークス（異形のもの）の写真であった。

ソンタグより年上のウォーホル（一九二八—八七）は、〈キャンベルスープの缶〉や、マリリン・モンローをカラフルに印刷したシルクスクリーン作品で有名な、まさしく一九六〇年代的ポップの「カッコいい」を体現するアーティストである。ソンタグは、ウォーホルの仕事を強く意識しながら批評活動を展開しつつ、彼女自身、ウォーホルの写真やビデオの被写体にもなってきた。

一方のアーバス（一九二三―七一）は、ウォーホルよりさらに年上で、雑誌〈エスクァイア〉などに掲載されたフォトエッセイにより、六〇年代のアメリカ社会に衝撃をもたらした孤高の写真家であった。ただし、その作品のトーンは暗く、不穏なものばかりであり、かつまた、そうしたアーバスの作品世界は、一九七一年の彼女自身の自殺によって、一層、人々の印象に残ることとなったのである。

これら六〇年代を代表するアーティストたちの仕事を、いずれもホイットマン的な理想のパロディであるとするソンタグは、ウォーホル美学の内側にありつつもそれを食い破るようなアーバスの個性に強い関心を寄せ、彼女の仕事を『写真論』の中心的な対象として取り上げるのだった。

アーバスの作品の多くは、ウォーホルの美学のなかにある――すなわち、退屈であることとフリーク的であることという二本柱との関係によって自己を規定しているのだ。しかし、アーバスの作品はウォーホルのスタイルを持たない。アーバスは、ウォーホルのナルシシズムや天性の自己宣伝能力を持たず、フリークなものから距離をとり身を守るためのブランド性も持たず、そして、ウォーホルのように感傷的にもならなかった。[*13]

ソンタグはまた、こうした両者の違いの原因を、それぞれの出自の違いにも見出そうとしている。すなわち、カトリック系の労働者階級の出である男性アーティストのウォーホルと、ユダヤ系のアッパーミドルの家庭に育った女性アーティストのアーバスでは、アートで成功するということに対する態度がおのずから違うはずであると、彼女は推測してみせるのである。

ホイットマン的な計画のパロディを完遂させることで商業的な成功を得たウォーホルの「明るさ」は、ともすれば、匿名どころかその容姿や職業ゆえに蔑まれもしてきた人々を写し続けたアーバスの「暗さ」を一層引き立てる。そんなアーバスのことを、ソンタグはやはり「ヴァルネラブル」だと形容しているのだが、これはもちろん単なる偶然などではない。

ウォーホルに比べて、アーバスは際立ってヴァルネラブルであり、イノセントであり——そして、明らかにより悲観的であるように見える。[*14]

現代の洞窟たる「暗いアメリカ」を写し出したアーバスは、彼女自身がヴァルネラブルであり、彼女のカメラによる「撮影する目」の先には、美醜の超越ではなく、美醜が等価となってしまう地平が広がっている、とソンタグは指摘する。そして、その地平は必ずしも気分の良いものではない。なぜなら、「フリークス、狂人、郊外のカップル、ヌーディストといったものたちを押し並べて等価とするのは、ものすごい力を必要とする判断であるが、それは教育を受けた多くの左派リベラルのアメリカ人が共感するあからさまに政治的な気分といったものとも共犯関係にある」からである。[*15]

優劣の超越ではなく、優劣の概念を失ってしまった個性の群れが暮らす洞窟。

それはただの「愚か者たちの村」でしかない、とソンタグは言う。そして、その村の名こそが「アメリカ」であるのだと、現代のプラトンにもホイットマンにもなることを拒絶するソンタグは、一切の感傷もなしに断言するのであった。[*16]

第6章　意志の強さとファシストの美学

「意志」の両義性

愚か者たちの村、その名はアメリカ――。

そんな辛辣な一言にソンタグの「カッコよさ」を見てしまうとき、私たちはどうしても、ソンタグの魅力を、その「強さ」に起因するものとして解釈してしまいがちだ。

既存の価値観を否定し、戦地にみずから赴き、権威に怯(ひる)まず、がんにも怯まず、みずからの欲望を肯定し、おかしいと思った相手には挑発をやめず、そして、何を言われても「書く」ということから逃げることをしなかった彼女の姿はあまりに眩(まぶ)しい。だから、彼女は「強く」、その読者たる自分は「弱い」という図式を作って、私たちはソンタグその人から目をそらし、彼女の光によって生まれた影としてのイメージばかりを仰ぎ見ることにもなる。

ありふれた意味での強さと弱さをともに抱えた人間ソンタグを前に、それでも「あなたは、強い」と人々が言い募りたくなる理由。思うに私たちは、ソンタグの言動について感想を述べているのではなく、そうしたものの起点に位置する「意志」と呼ばれるべきものに魅了され、それがために「ソンタグは、強い」と言っているのではないだろうか。

たとえば、ソンタグの翻訳者であり通訳者でもあった木幡和枝は、ソンタグの『ラディカルな意志のスタイルズ』（一九六九年）というタイトルに含まれている「意志」という概念について、次のように述べている。


〔木幡〕それから「意志のスタイル」の意志、「ＷＩＬＬ」ですね。何事も意志に基づいておこなうということの重要性。要するに順応、コンフォーミズム批判。みんながそういうから仕方ない、私もそうしようかしらという姿勢。これは彼女の最大の敵の一つでしたね。意志に基づいていれば、他者と同じことをするのもいいんですが。[*1]

確かに、「意志」というものはソンタグの思想のバックボーンであり、かつまた主題そのものであった。『反解釈』においてもソンタグは、「意志」のことを「世界に対する主体の態度」でもあると定義している。[*2]

だが一方で、この意志というものについてソンタグは、アンビバレントな（相反する）感情を抱いてもいた。たとえば『写真論』では、カメラは撮影者の気軽な「意志」を致命的な暴力に変換するものとして、次のような皮肉な論調で批判されてもいる。

> 自動車と同様に、カメラもまた、獲物を捕らえるための武器として売られている。それは可能な限りオートメーション化されていて、いつでも飛び出せる準備をしている。簡単で、目に見えない技術を、大衆はお好みなのだ。撮影にスキルも専門知識も不要ですと保証するメーカーは、この機械が万能であり、意志のささやかなひと押しにも反応しますよと、消費者を安心させるのだ。[*3]
>
> （傍点引用者）

もちろん、ここでの意志は、シャッターボタンをひと押しするために発動される、あまりにささやかなものだ。だが、これまで確認してきたように、カメラはその気軽な意志に反応して、被写体たちのヴァルネラビリティに関与してしまうものだから、ソンタグはカメラに魅せられつつも、それを警戒し続けたのである。

そして、撮影するという意志が気軽で小規模なものだとするならば、その対極には、国家が戦争に踏み切るといった、あまりに深刻で大規模な意志の発動があった。ソンタグは言う、「『意志』を行動指針とし、暴力に対しては自己正当化を図り、人間の起こした問題に対しては技術的な解決を求めるといった分別のない威信」こそは「アメリカのもっとも醜い部分」であると。[*4]

かくして、ソンタグ本人の突出した「意志」もまた、その表明がなされるたびに多くの人を戸惑わせてきた。あらためてあの軽薄かつスキャンダラスなレッテルを思い出すならば、「不屈の思想家、社会にコミットする市民、パワフルな女性」とは、ソンタグの意志の力を「もっとも美しいもの」として解釈した結果であり、「性的倒錯者、知性の崩壊の兆候、アメリカの裏切り者」とは、やはり彼女の意志の力を「もっとも醜いもの」として解釈した結果に過ぎなかったのかもしれない。

『意志の勝利』を断罪する

意志に対するソンタグのアンビバレントな態度を考えるとき、ナチス・ドイツのプロパガンダ映画『意志の勝利』（一九三五年）は、実に象徴的な作品であった。まず、一九六五年の段階でソンタグは、レニ・リーフェンシュタールが監督した『意志の勝利』と『オリンピア』（一九三八年）について、次のような評価を与えている。

そこにナチスのプロパガンダはある。しかし、それ以外のものも両作品にはあって、私たちはそれを拒絶することで損をしている。これら（ナチスの芸術作品の中でも傑出している）リーフェンシュタールの二作品は、知性と気品と官能の複雑な動きを投影することで、プロパガンダであるとか、あるいはルポルタージュといったカテゴリーを超越しているのである。[*5]

実在のヒトラーは、リーフェンシュタール作品に映る「ヒトラー」とは別物であり、史実としてのオリンピックもまた、ドキュメンタリー映画化された「一九三六年のオリンピック」ではないとする一九六〇年代のソンタグは、たとえナチスのプロパガンダ映画であっても、そこに拙速な解釈を与えず、まずは映し出された「知性と気品と官能の複雑な動き」に目を凝らすべきだと主張する。つまり、ナチス・ドイツの「意志」であっても、その中身（プロパガンダ）と、その様式（リーフェンシュタールの映像作品）は、区別して接しなければならないというわけである。

だが、こうしたソンタグの主張は、あるいは本質的に、詭弁（きべん）と言えるものであったのかもしれない。

というのも、それから九年後の一九七四年、「ファシズムの魅力」と題された論考でソンタグは、『意志の勝利』のような作品を弁護することに意味のある時代は、すでに終わってしまったと告げているからだ。

> 一〇年前であれば、少数派の趣味、あるいは対抗的な趣味として、ぜひとも擁護すべきだった芸術も、今日ではもはや弁護しようがないように思える。というのも、その芸術が提起する倫理的かつ文化的な問題は、当時とは異なり、シリアスで危険とすら思えるものになってしまったからである。[*6]

ソンタグのこの告白は、要するに、『意志の勝利』をプロパガンダと切り離して評価することに意味があったのは、あれが一九六〇年代のことであったから、ということになる。では、そうした結論に至ったソンタグの思考プロセスは、いったいどのようなものであったのだろうか。

まず、一九三五年から四五年にかけて、『意志の勝利』はプロパガンダとセットであるがゆえに国際的な評価を得た。一方で、ナチス・ドイツが敗北した四五年から、ソンタグが批評を書く六五年までは、『意志の勝利』はプロパガンダとセットであったがゆえに、世の批評家から顧みられることはなかった。

けれどもその後、ソンタグのような新しい批評家が登場し、ナチス芸術もまた、「コンテンツ」としてのプロパガンダと、「スタイル」や「フォーム」としての表現に切り分けられた。時代は、正統派の異端とでもいうべき矛盾した感性を愛でる「キャンプ」であるとか、政治的でないことがことごとく政治的に機能するという「ポップ」であるとか、そういった少数派、あるいは対抗的な趣味と思想によって、芸術の再評価を推し進めるようになったのである。

一九七〇年代にあっても、そうしたかつての対抗文化の意義を、ソンタグはもちろん否定したりはしていない。ただ、六〇年代から七〇年代半ばに至るまでの一〇年間で、『意志の勝利』のような作品を語る状況は大きく変化したのだと、それだけを一九七四年の論考「ファシズムの魅力」は訴えているのである。

ソンタグが指摘する、一〇年間の「変化」をまとめておこう。

変化その一　中身と形式を切り離すといった、かつてソンタグが提唱した芸術の鑑賞態度が広く浸透してしまった。結果として、プロパガンディストとしてのリーフェンシュタールの過去が書き換えられ、彼女の映像作品の持つ形式的な「美」のみが、なんのためらいもなく称賛されるようになった。

変化その二　ナチスの芸術が、ポップアートの一種として一般に受容されるようになってしまった。ポップという感性によって洗練された鑑賞者は、形式的な「美」はもちろんのこと、プロパガンダ映画が表現する政治的な熱狂すらも、審美的な過剰性と捉えるようになってしまった。

変化その三　六〇年代に反権力や反体制を叫んだ者たちが、教祖の前にひれ伏し、グロテスクなまでに独善的な教義にしたがうようになってしまった。ロック・カルチャーからオカルトに至るまで、共同体を賛美する気持ちは、独裁者を追放するどころか、むしろ彼らを必要とするようになっている。

変化その四　リーフェンシュタールの映像作品をあえて褒めるといった少数派の趣味は、あくまで少数派の高尚なものとされていたから良かったのである。だが、ファシストの美学は、今や広く大衆に受け入れられ、制度化し、ふたたび危険なものとなってしまった。

そして、このような変化を確認したソンタグはぴしゃりと言うのだ、「趣味とは文脈であり、文脈は変化してしまった」と。*7

ファシストの美学

レニ・リーフェンシュタールの仕事を、文脈の変化という観点から全面的に批判した論考「ファシズムの魅力」は、その前半部分を、一九七三年に刊行されたリーフェンシュタールの写真集『最後のヌバ』の批評に割いている。

映画プロデューサーのスティーヴン・バックによる評伝『レニ・リーフェンシュタールの嘘と真実』（二〇〇七年）によると、リーフェンシュタールがヌバ族の地を訪れたのは一九六二年のことだった。それから七七年までのおよそ一五年間、かつて『意志の勝利』を監督したこの写真家は、アフリカのヌバ族のもとを訪れ、取材を重ねた。このとき、かつてナチス・ドイツの理想とする身体に注がれていた彼女の視線は、そのままヌバ族の鍛え上げられた肉体に向けられることとなったという。[*8]

スーダンで撮影中のレニ・リーフェンシュタール（1976年）　写真：Getty Images

一方で、ナチス芸術の特徴は、猥褻（わいせつ）であることと観念的であることを併せもつ、とソンタグは指摘する。すなわち、セクシュアルなエネルギーは、共同体に奉仕するよう精神的な力へと変換され、かつまた、誘惑するエロティックな存在に対しては、男はその性的衝動をヒロイックに抑制するのがすばらしいとされるのである。ゆえに、「肉体的な技術と勇気を誇示し、強者が弱者を打ち負かすことが共同体を結束させるシンボルとなるらしい社会」を嬉々として撮影するリーフェンシュタールは、「ナチス映画の着想からなんら変わっていない」のだと、ソンタグはとても厳しい口調で断罪するのだった。[*9]

ヌバの禁欲的な結婚式に魅せられたリーフェンシュタールに対し、ソンタグは、そこにあるファシスト的な美学について、次のようにまとめている。

ファシストの美学は、生命力の封じ込めに基づくものである。動きは囲い込まれ、しっかりと摑まれ、抑制されるのだ。[*10]

まさしく、リーフェンシュタールのカメラの被写体となったものたち（オリンピック選手の一瞬の張り詰めたポーズ、熱狂するナチス・ドイツの集団、レスリングをする筋肉質なヌバの肉体）は、いずれも「生命力の封じ込め」によって禁欲的なエロティシズムを発散するのだが、このとき、そのシャッターボタンを押すのは、ソンタグにしてみればファシズムの意志そのものということになる。

もちろん、ここに『写真論』の主張を重ね合わせてみるならば、たとえリーフェンシュタールのカメラであっても、そして、たとえファシズムの意志がそれを撮影したのであっても、撮影行為それ自体は、被写体のヴァルネラビリティになんらかのかたちで関与してしまうはずだ。そして、私たち鑑賞者にしても、もし仮に写真家の正体を知らずに『最後のヌバ』を鑑賞したならば、それは「消えゆく未開人への挽歌（ばんか）」として成立したことだろうと、ソンタグも実は、この論考の中で早々に認めてしまっている。[*11]

それは確かに、ソンタグの語りに内在する自己矛盾でもあるのだが、みずからの批評の普遍性よりも、その消費期限を念頭におきつつ時代に見合った最大限のパフォーマンスを実演するといった批評的態度が、ソンタグの「カッコよさ」を担保していることもまた事実なのである。

事実、最晩年の作となった『他者の苦痛へのまなざし』においても、こうした一九七〇年代の努力を徒労にするような言葉を、ソンタグは淡々と綴（つづ）っている。

写真家の意図は、写真の意味を決定しない。写真は、その使い道をもつ多種多様なコミュニティの気まぐれや忠誠心に翻弄されながら、それ自身の経歴を持つこととなる。[*12]

写真それ自体の、長い長い経歴。

そのプロセスに瞬間的にであれ関わってしまった人間として、一九七〇年代のソンタグは、全身全霊でリーフェンシュタールを否定した。このとき、ソンタグがなによりも心がけたこととは、過去の自分や未来の自分との整合性ではなく、同時代の「コミュニティ」から、批評家としての自分自身を引き離すことであったのだろう。なぜなら、ソンタグの批評が「利己的」であろうとしたのは、ファシズムの復権を促しうる他者の意志を、自身の文章からできるかぎり排除することを目的としていたからである。

三島由紀夫とバタイユの美学

論考「ファシズムの魅力」においてソンタグは、三島由紀夫の小説『仮面の告白』（一九四九年）と随筆「太陽と鉄」（一九六八年）をファシズムのエロス化の一例として挙げながら、それらが確かに、一九七〇年代半ばの軽薄な風潮——たとえば、ロバート・モリスのポスターのようなナチズム表象の利用——とは一線を画すような「人をとりこにする熱烈な態度表明」であると評価した[*13]。

では、三島作品の何がソンタグを魅了したのか。

一般的な理解に照らしたならば、三島が執拗なこだわりを見せた「肉体的勇気」（それは、一九七〇年に自衛隊市ヶ谷駐屯地で決行された割腹自殺によって完成する）のような思想は、ソンタグの美学とは相容れないように思われるだろう。だが、写真という観点から両者を比較するとき、そこには興味深い共通点が浮かび上がってくる。

一九六八年、三島は三世紀の殉教者である聖セバスチャンを模したポーズをとり、写真家・篠山紀信のカメラに収まった。よく知られるように、宗教画に描かれた聖セバスチャンの姿は、三島が初めて書き下ろした長編小説である『仮面の告白』でも、次のようなかたちで魅力的なものとして言及されている。

> セバスチャン――若い近衛兵の長――が示した美は、殺される美ではなかったろうか。〔……〕彼の白い肉の内側を、遠

ロバート・モリスのポスター（1974年）
© Robert Morris/Artists Rights Society（ARS）, New York

グイド・レーニ「聖セバスチャンの殉教」（1615年頃）

からずその肉が引裂かれるとき隙間をねらって迸り出ようとうかがいながら、血潮は常よりも一層猛々しく足早に流れめぐっていた。*14

ここに描かれているのは、肉体が外的要因によって破壊されることへの恐れと憧れであり、そのことを三島は「殺される美」と表現している。それはつまり、死に隣接したところから漂うエロティシズムの魅力ということになるのだが、三島は後に、自分はこうした感性をフランスの思想家ジョルジュ・バタイユに啓発されるかたちで身につけたと文芸評論家・古林尚との対談で述べている。

三島　〔……〕あなた〔対談相手の古林のこと〕もご覧になったと思うけれど、バタイユの著作に支那の掠笞の刑の写真が出ています。胸の肉を切り取られてアバラが出ている。ひざを切られて骨が出ている。そんなふうにやられている連中が、写真では笑っているんです。痛いから笑っているんじゃないですよ、もちろん。これはアヘンを飲まされているんですね、苦痛を回避するために。バタイユは、この刑を受ける姿にこそ、エロティシズムの真骨頂があると言ってるんです。つまりバタイユは、この世でもっとも残酷なものの極致の向こう側に、もっとも超絶的なものを見つけだそうとして、じつに一所懸命だったんですよ。バタイユは、そういう行為を通して生命の全体性を回復する以外に、いまの人間は救われないんだと考えていたわけです。[*15]

篠山紀信「三島由紀夫」（1968年）

この対談は、三島の死の一週間前に収録されたものであるから、彼はこの時点で何度となく、自身の鍛え上げた肉体を篠山のレンズの前にさらし、「もっとも残酷なものの極致の向こう側」にある「殺される美」のイメージを視覚化しようと、被写体としての工夫を重ねていたことになる。そう、三島が死の直前まで掲げ続けたバタイユ由来の美学は、鍛え上げられた自身の肉体はもとより、それが破壊される過程においてあらわになる人間存在の脆さ、すなわちヴァルネラブルな状態こそを、究極の美として称揚しようとするものであったのだ。

三島はさらに、みずから「告白と批評との中間形態」と呼んだ随筆「太陽と鉄」において、次のように力説している。

〔……〕男とは、ふだんは自己の客体化を絶対に容認しないものであって、最高の行動を通してのみ客体化され得るが、それはおそらく死の瞬間であり、実際に見られなくても「見られる」擬制が許され、客体としての美が許されるのは、この瞬間だけなのである。[*16]

このように「見られる」ことへのこだわりを語る三島は、あのバタイユ所蔵の残酷な写真を鑑賞するにあたっても、きっと刑に処せられている者の立場にこそ憧れを感じていたに違いない。

けれども、対するソンタグは、二〇〇三年刊行の『他者の苦痛へのまなざし』において、同じバタイユの写真に言及しつつも、あくまでも写真を「見ようとする」側の気持ちに寄り添おうとしている。

ほとんどの人にとって、そのイメージ〔バタイユの「掠笞の刑」の写真〕は耐え難いものである。なにしろ、せわしなく働いた何本ものナイフによって犠牲者はすでに腕を失くしており、その皮膚もまた、今まさに剝ぎ取られようかといった最終段階にあるのだ——これは絵画ではなく写真であり、ギリシア神話のマルシュアースではなく、生身の人間である——そして、写真の中の犠牲者はいまだ生きており、上向きにされたその顔には、イタリアン・ルネッサンスの絵画に描かれた聖セバスチャンさながらの恍惚が浮かんでいる。[*17]

引用の最後、バタイユの写真を聖セバスチャンのイメージに重ねてみせるソンタグの文章は、さながら、篠山による三島由紀夫の写真それ自体を論じたかのような趣さえ漂わせている。だが、二一世紀に生きるソンタグ自身は、そうした「聖セバスチャンさながらの恍惚」の表情に、かつての三島のような「美」は感じていない。

ソンタグは言う——確かにこうした「残忍な行為のイメージ」をじっと見つめることで、人は己の弱さを叩き直せるような気になるかもしれないけれど、そもそもバタイユがこの写真に見出した超越性とは宗教的な高揚感に近いものであって、そのように苦痛を崇高なものへと結びつけるような感性は、現代人である私たちにとってはきわめて異質なものとして感じられるはずではないか、と。

当該箇所を引用しておこう。

苦痛、すなわち他者の痛みに対する〔バタイユの〕見解は、宗教的な考えに根ざしたものであり、それは痛みを犠牲に、犠牲を高揚感へと結びつけるものである。そして、これほどまでに現代人の感性になじまない考え方というものもないだろう。なぜなら、現代人は苦痛というものを、間違いや事故や犯罪のようなものとみなしているからである。それは正されるべきものであり、拒絶されるべきものであり、私たちに無力感をもたらすものなのである。[*18]

現代人の感性をどこまでもドライなものとして捉えてみせる晩年のソンタグは、このように、苦痛を宗教的な恍惚へと結びつける感性を前近代的なものとして退ける。バタイユ的美学に啓発され、聖セバスチャン的なる犠牲のイメージに心底憧れた三島の思想は、だからきっと、彼よりも三〇年以上長生きをしたソンタグにとっては、どうしようもなく時代錯誤なものとして映ったはずなのだ。

大真面目なことを大真面目に

しかし、一九七〇年代にあって、三島の自死がまだ「今」と地続きだった頃のソンタグは、どのような理屈で三島の「美」を評価していたのか。

あらためて三島の「太陽と鉄」から、その美へのこだわりのエッセンスと思える箇所を引用しておこう。

> 勇気、なかんずく肉体的勇気というものの中に、意識と肉体との深い相剋が隠れていることを、人々はもう忘れている。〔……〕
>
> 苦痛を引受けるのは、つねに肉体的勇気の役割であり、いわば肉体的勇気とは、死を理解して味わおうとする嗜欲の源であり、それこそ死への認識能力の第一条件なのであった。[*19]

三島が筋肉を鍛えたのは、あくまで「死を理解して味わおう」とするためであり、間違っても、その頑強な肉体によって明日をより良く生きるためではなかった。それは確かに、リーフェンシュタールがヌバ族に仮託した、生命力の封じ込めによる禁欲的なエロティシズムとは、似て非なるものである。

あらためて、一九七四年の「ファシズムの魅力」を参照しておこう。

審美的な人生観によって、ファシズムのメッセージがニュートラルなものにされてしまったと考えるならば、ファシズムを象徴する装飾はセクシュアルなものに変えられてしまったと言えるだろう。ファシズムのエロス化は、三島の『仮面の告白』や「太陽と鉄」のような人をとりこにする熱烈な態度表明に認めることができるし、ケネス・アンガーの『スコピオ・ライジング』のような映画や、より最近では、おもしろさはぐっと劣るが、ヴィスコンティの『地獄に堕ちた勇者ども』やカヴァーニの『愛の嵐』にも見て取ることができる。ファシズムに対するこうした真面目なエロス化は、文化的な恐怖に対する、パロディ的要素をもった洗練された戯れとは、はっきり区別されなければならない。[*20]

ソンタグにとって三島のファシスト的意匠がいくぶんか好ましく思えたのは、それが徹頭徹尾、ファシズムをパロディ化する同時代の戯れと、性質を異にしていたからでもあった。それはすなわち、「趣味とは文脈であり、文脈は変化してしまった」という理屈が、やはりここにも当てはまるということなのだろう。

かつて「不真面目なことを大真面目に」といったキャンプ趣味を称揚したソンタグは、時を経て、「大真面目なことを大真面目に」といった三島の過剰な美学を（賛同こそしないものの）評価するに至った。これを彼女の変節と捉えることはたやすいかもしれないけれど、ことはそれほど単純ではない。

次章では、「ファシズムの魅力」の四年後に発表された『隠喩としての病い』（一九七八年）以後の批評的スタンスを慎重に検証しつつ、後期ソンタグ批評がいかなる意志に基づいて展開されていたのかを見ていこう。

第7章　反隠喩は言葉狩りだったのか

ヴァルネラビリティを安易に語らないための準備

ソンタグの言動は、生前よりさまざまな論争を巻き起こし、その都度、彼女に対する不当とも言える解釈が生み出されてきた。だが、ソンタグ自身、すでに第一批評集『反解釈』の段階から、こうした悪意ある「解釈」の垂れ流しが私たちの感受性を汚染するのであるとの警鐘を、あらかじめ私たち読者に向かって鳴らし続けていたことは、ここで一度思い出しておくべきだろう。

解釈は、世界を貧しくし、消耗させる――そして「意味」に満ちた影の世界が立ち上がる。ただの世界だったものが、誰かに解釈されることで、この世界、になってしまうのだ（「この世界」だなんて！　まるで世界が他にもあるみたいだ）。[*1]

試みに、この『反解釈』の一節にある「世界」を「スーザン・ソンタグ」に置き換えたならば、ソンタグを語るために私たちが心がけるべき方向性は、わずかながらも明らかになってくるだろう。すなわち――〈解釈は、スーザン・ソンタグを貧しくし、消耗させる――そして「意味」に満ちた影のソンタグ像が立ち上がる。ただのソンタグだったものが、誰かに解釈されることで、このソンタグ、になってしまうのだ（「このソンタグ」だなんて！　まるでソンタグが他にもいるみたいだ）〉というわけである。[*2]

解釈にあらがいつつ、ソンタグを理解していくこと。それにはやはり、「人間ソンタグ」の抱えるヴァルネラビリティを安易に特定したり、物語化したり、暴露したりすることを終わらせることから始めなくてはならない。

たとえば、「ソンタグはある日、がん患者となりました」という「事実」に対しても、私たちは自分たちがいったいどのような態度によって、これを後世に伝えていくべきかを慎重に考えなくてはならないだろう。

もちろん、だからと言って闇雲に、「その生涯はこのように語られてはならない」と断罪するだけで終わってしまっては、事態は何も変わらない。ソンタグ自身の論法を参照するならば、「語られてはならない」はずのことが綿々と語り継がれている場合、その背後には、個人の力ではあらがいようのない力が横たわっており、その力の継承は、「AはBのようだ」といった直喩や、あるいは、「CはDである」といった隠喩によってなされていくのである。

かくしてソンタグは、がんという自身の身体の危機に際して、『隠喩としての病い』という論考を著したのだが、それは「がんは隠喩だ」と主張するためではなく、あくまでも「がんは隠喩ではない」ということを立証し、「がん」という病名から連想されるあらゆる悪しきイメージの、その根拠のなさを暴露することにあった。

つまり、『隠喩としての病い』とは、「がん」という表現そのものの脅威にさらされた現実の患者たちを励まし、奮い立たせ、彼らを現実的な治療に向かわせることを目的とした、ソンタグ流の「言葉狩り」であったとも言えるのである。

もちろん、「言葉狩り」というのは、言葉を扱う職業に従事する者にとって唾棄すべき行為である。だが、『隠喩としての病い』で「狩り」の対象となったのは、語りの主体であるソンタグ自身が専念しようとしていた「治療」を阻害するような、害悪としての隠喩であった。

より具体的に説明するならば、たとえば「Aはこの組織に巣くうがんだ」という言い方が政治的文脈でなされた場合（ソンタグは、同種の隠喩を、古今東西の文献やプロパガンダから大量に収集してみせている）、こうした隠喩の使用法は、二つの効果を同時に生じさせてしまう、とソンタグは指摘している。すなわち、Aは必ずや取り除かれねばならない、という宿命論的な暴力が一つと、がん患者となること自体が社会的な悪であるかのように喧伝（けんでん）されるといった風評被害のごとき暴力である（ちなみに、ソンタグ本人も、サルトルを論じた初期評論や、〈パルチザン・レヴュー〉誌のアンケートなどで、「がん」の隠喩を使用している）[*3]。

あらためて確認するならば、ソンタグが『隠喩としての病い』の構想を練ったのは、彼女自身が乳がんと診断され、辛（つら）い闘病生活に入ったときだった。ソンタグは、突然に自覚できるものとなってしまった「がん」という名のヴァルネラビリティを前に、それそのものについて語るのではなく、「そのヴァルネラビリティはこのように語られてはならない」ということを、隠喩の歴史を批判的に紐解（ひもと）くことで示してみせたのである。

隠喩のコレクション

ではここで、ソンタグによる隠喩のコレクションの一部を、箇条書きのかたちで見ていこう。

●がんは、生物としてのエネルギーの萎縮であり、希望の放棄である。
（精神分析家ヴィルヘルム・ライヒによる定義）
●フロイトのがんは、性生活上の不満によるものだ。（ライヒによる分析）
●がんは、善行の機会である。（黒澤明監督作品『生きる』の筋書き）
●純粋実践理性にとって、情熱とはがんである。（カントの記述）
●がんは、身を隠した殺し屋である。（W・H・オーデンの詩）
●がんは、政治的敗北と野望が挫けたことへの反応である。
（ナポレオンや南北戦争で活躍したグラント将軍らの死についての一般的な見解）
●がんに対して「聖戦」を行う。
（改革運動を意味する「聖戦（十字軍）」の慣用表現が適用された例）

●がんは、悪魔的な敵であり、恥ずべきものである。（慣習的な言い方）

●「中国のがん」（文化大革命を主導した四人組のこと）

●「我々の内部に――それも大統領のすぐそばに――がんがあり、増殖しています」（ウォーターゲートについてニクソンに進言した大統領顧問の言葉[*4]）

いかがだろうか。

ここで紹介されている「がん」の使用例は、そのほとんどが現実の「がん」とは無関係のものであり、そのイメージの精度においても杜撰（ずさん）なものばかりだ。けれど、こうした隠喩（あるいは解釈）が集積し、常識となり、医師の診断をも左右するようになった挙げ句、患者にとっての「がん」は、治すべき対象というよりも、恥の概念と分かち難く結びついた呪縛となってしまうのだと、ソンタグは憂いてみせるのである。

同じことは、『隠喩としての病い』のおよそ一〇年後に出版された『エイズとその隠喩』（一九八九年）の冒頭でも、より分かりやすいかたちで説明されている。

もちろん、人は隠喩なしで思考することはできない。だが、たとえそうだとしても、使用を控えるべき隠喩や死語にすべき隠喩などない、ということにはならない。すべての思考は、当然のことながら解釈である。しかし、たとえそうだとしても、ときとして解釈に「あらがう」ことすら正しくない、ということにはならないのである。[*5]

第一批評集『反解釈』の刊行から二〇年以上を経てもなお、みずからの批評的スタンスに変わりはないことを、ソンタグはここではっきりと示している。すなわち、人間の思考とは何かを解釈することなのであるけれど、解釈行為は必ずしもすべてが正しいわけではないという、批評家としてのあのスタンスである。

大江健三郎に向けた「反隠喩」

『エイズとその隠喩』から、さらに一〇年を経た一九九九年、「朝日新聞」紙上でソンタグは、作家の大江健三郎と往復書簡を交わし、『反解釈』から『隠喩としての病い』、そしてその続編『エイズとその隠喩』へと至るみずからの「反隠喩」とも呼ぶべき姿勢を、次のように再表明してみせた。

私は多くのエッセイ――『反解釈』にはじまり『隠喩としての病い』や『エイズとその隠喩』にいたるまで――で、現実を隠喩として語るほとんどの実例に対して、もっと懐疑的になるべきだと訴えてきました。ファシズムは現在、隠喩になったと思います。私はこの言葉を隠喩として、あるいは厳密さを欠いたかたちでは使いたくありません。[*6]

（木幡訳）

これは、先行する手紙のなかで大江の用いた「この国に柔らかなファシズムの網がかけられる時」（傍点原文）という表現に対するソンタグの反応である。[*7]

大江はここで、みずからの危惧の具体性については傍点を用いて強調しつつ、その悪の実態に対しては「柔らかな網」という、まさしく「厳密さを欠いた」かたちの文学的比喩を持ち出してきたのだが、そうした細部についてのソンタグのつっこみは、読み手である私たちに、ある種の爽快さをもたらす。

大江自身は、往復書簡シリーズ全体をまとめた『暴力に逆らって書く』（二〇〇三年）の文庫版に収録されたあとがき的エッセイで、「私のようにすでに老年に達している書き手とは違う、壮年、青年の論客から、私の子供じみている手紙自体、返事をくれる相手に子供あつかいされていることに気付かぬ喜劇」といった批判を受けたことを告白し、「私自身、その指摘にうなずく点は（それもソンタグへの共感をこめて）ありました」と綴っている[*8]（傍点とカッコは、ともに原文）。

こうした大江自身の解説は、この作家がかねてより得意としてきた「カッコ悪い」自画像のプレゼンテーションであるとも言えるのだが、そうした作家の言葉が前景化するのは、次のような図式だ。

●隠喩でしか語りえないものがあると頑なな態度をとるノーベル賞作家

↔

●反隠喩という厳格な態度をより鮮明にするアメリカの行動する知識人

このような対立構造を前にして、大江にではなく、ソンタグにこそ苛立ちを覚えた読者も少なくはなかった。たとえば、フランス現代思想を専門とする内田樹は、その著書『ためらいの倫理学』（二〇〇一年）において、以下のようなソンタグ批判を展開している。

私たちは知性を計量するとき、〔……〕その人が自分の知っていることをどれくらい疑っているか、自分が見たものをどれくらい信じていないか、自分の善意に紛れ込んでいる欲望をどれくらい意識化できるか、を基準にして判断する。
その基準に照らした場合、スーザン・ソンタグの知性はかなり低いと断じてかまわないだろう。
しかし、これはソンタグ一人の責任ではない。[*9]

大江との往復書簡上にて示されたソンタグの政治的な態度表明について、ピンポイントな憤りを吐露してみせる内田の語り口も、これはこれで爽快である。

それにしても、相手が誰であれ「知性はかなり低いと断じてかまわないだろう」と啖呵（たんか）を切るには、よほどの覚悟が必要であったろうと想像されるのだが、当時、そうした覚悟を実行に移すことが可能だったのは、やはり、ソンタグの知性はかなり高いと断じてかまわないといった大前提が共有されていたからだったとも言えるだろう。

たとえば、批評家の加藤典洋（のりひろ）は、その著書『僕が批評家になったわけ』（二〇〇五年）において、内田のこの発言を引用し、そこに現代日本の批評家による「新しい態度の表明」があると評している。だが、加藤自身のそうした「態度」を成立させているものもまた、以下に見られるような、圧倒的な知的セレブとしてのソンタグ像であった。

内田は、ユーゴ空爆についてどう思うか、と尋ねられ、〔彼自身が〕「わからない」と答えることには権利があり、またその「わからない」という答えには、〔ソンタグの答えのように〕「わかる」つまりイエスであったりノーであったりすることに、少なくとも勝るとも劣らない、思考の果実がある、と述べている。考えてみれば当然のことだ。しかし、このことが、このような現代の批評のことばとして語られたことは、これまでにはなかった。たぶんこのことばは、いま「おじさん」である人の日本での「若かりしころ」の経験をくぐり抜けて、「アメリカの知性」であり「アメリカの良心」である、スーザン・ソンタグの前に置かれているのである。[*10]

内田とソンタグを、あくまでも対等な批評家同士の対立として提示する加藤の図式。これが今あらためて興味深く感じられるのは、二〇〇〇年代初頭の日米観とでも呼ぶべきものが、「日本のおじさん」と「アメリカの良心」という対比の裏に透けて見えるからかもしれない。

先ほど同様、これをもう少し肉付けして図式化してみると次のようになるだろう。

●「カッコよさ」とは無縁に見えて、実は「カッコいい」日本のおじさん的批評

↔

●「カッコいい」はずだったのに頑なになってしまったアメリカの知性／良心

こちらの対立構造では、頑なになったのはアメリカの方で、大江健三郎よりも一五歳年下の内田樹は、当時、若くも老いてもいない、ほどよい成熟具合であったことが示唆される。

さらに、この図式に私は、それぞれの「カッコよさ」との距離感を書き足してみたのだが、それは次のような加藤の考えを勘案した結果であった。

人は、その美の基準が古くなったから新しい美の基準を欲するのだが、ウォーホルが

発見しているのは新しい美というよりは、そこに美の基準の押しつけがないという、別種のできごとである。

〔……〕

ウォーホルの少なくとも初期の絵は、キャンベル・スープの美を新しい美として提示しているというより、ウォーホルがスーパーマーケットでずらりと並ぶ十数種のキャンベル・スープの缶詰を見てオッ、これはカッコいい、と思った経験を、そのまま観る人の前に差し出しているのだ。そこでは、絵の方が、これを美術館に見にくる人よりも、薄い。

批評も同じ。

批評を書こうというその姿勢〔そのもの〕が、〔新しい批評家たちによって〕やんわりと批評を受ける時代がやってきたのだが、なかなかそのことには気づかれない。

やんわりとした批評とは？

批評として示されたものより、一見そのような意図なしに書かれたものに批評を見出すあり方に、批評の重心が移っている。[*11]

ここにある「オッ、これはカッコいい」というセリフは、「美の基準の押しつけがないという、別種のできごと」に芸術的インスピレーションを得たウォーホルのハイな気分を加藤が日本語化したものなのだが、批評として書かれていないものに、「オッ、これはカッコいい」と反応してみせることが新しい批評であるとする加藤は、内田のソンタグ批判に対しても「オッ、これはカッコいい」と感覚的に反応することで、ソンタグの批評を「やんわりと」批評してみせたのである。

それにしても、ソンタグの死の翌年というタイミングで、これからの批評のあるべき姿をソンタグの同時代人であるウォーホルの創作態度に求めようとする加藤の戦略には、とても興味深いものがある。ここで思い出されるのは、若き日のソンタグがまとめてみせた、次のような「ポップアート」と「キャンプ」の違いだろう。

キャンプ趣味は、みずからが楽しんでいる対象そのものに自己を同一化させる。こうした感性を共有する人々は、「キャンプなもの」とラベル付けしたものを笑ったりはせず、それをエンジョイしてみせる。「キャンプ」は優しい感情なのだ。
（ここで、キャンプと一般的なポップアートを比較するむきもあるだろう——単純にキャンプと同一視できない場合、ポップアートがとる態度は、キャンプと無関係とは言えぬまでも、それとは明らかに異なったものとなる。ポップアートは、キャンプよりフラットでドライであり、よりシリアスでデタッチメントであり、結局のところニヒリスティックなのである）。[*12]

この引用で注目すべきは、ソンタグが「キャンプ」の美点として、その「優しさ」を挙げていることだろう。というのも、先の文章で加藤は「やんわりとした批評」という表現を提示していたが、必ずしも時代の王道ではないキャンプという「カッコよさ」に（適度な距離を保ちつつ）寄り添い、そしてエンジョイしようとしたソンタグの批評こそは、時代に先んじて「やんわりとした批評」を我がものにしていたのだとも言えるからである。

利己と利他と9・11

「がん」にせよ「ファシズム」にせよ、ともすれば単なるクリシェとして不正確なイメージを流布するようになってしまった言葉に対して、ソンタグはさながら「言葉狩り」とも言えるような反文学的な作業を行ってきた。その頑なさは確かに、キャンプ論の頃にはまだ見られなかったものであったかもしれない。

ただ、それでも忘れてはならないと思われるのは、ソンタグはあくまでも、テクストの外で苦しむ人々を救うために、その「反隠喩」という解釈行為を試みたという事実であり、それもまた彼女なりの「優しい」批評の実践であったということである。

先述した、一九七〇年代の終わりに収録された〈ローリング・ストーン〉誌のインタビューで、ソンタグはこんなことを語っている。

〔『隠喩としての病い』の〕前提となっている考えは、自分がこれを書くのは、みずからの病気に導かれてのことだというもので、私は、自分の命を救うためにこそ、ここに書かれたようなことを考えねばならないと思っていたのです。けれど、そうした考えは、そもそもからして、すでに当事者となっていた私以外の人々のものでもありました。やがて私は、こうした心理学的な病気観が、害をなすばかりか独我論の一形態であるように思えてきました。なにしろ、人は適切な医療を受けることができなければ、現実に死んでしまうからです。[*13]

利己的であることと利他的であることが、表裏一体となったソンタグの批評は、「現実に死んでしまう」人々を前にして、あえて反文学的な言葉狩りを実演する。もちろん、その批評の大前提は「正義」ということになるのだろうが、ソンタグという書き手は、この「正義」というものそれ自体についても、最後まで疑ってかかることを忘れなかった。

良き市民、「知識人アンバサダー」、人権派アクティビスト——これらの役割が、このたびの授賞理由として挙げられており、確かに私はそうしたことにコミットしているのですが、物書きとしての私は、そうした役割に不信感を抱いています。物書きというのは、正しいことをなそう（そして、それをサポートしよう）とする人間よりも疑り深く、自信がないものなのです。[*14]

これは、第1章でも引用した、二〇〇三年の平和賞（ドイツ書籍出版販売協会賞）の受賞記念講演におけるソンタグの自己分析だ。物書きとしての自己と、活動家としての自己が、重なり合いながらも分裂状態を保っているというのは、あるいはソンタグ自身にとっては自然なことだったのかもしれない。しかしながら、こうしたアンビバレントな状態に、いったいどれだけの人々が理解を示していたかは、正直なところよく分からない。

思い出されるのは、これもやはり第1章で言及した、9・11の際に起きたあのソンタグ・バッシングのことである。

〈ニューヨーカー〉誌に寄稿された、ソンタグの文章の一部を抜粋しよう。


この出来事に追従することを許された声(ボイス)たちは、大衆を幼児がえりさせるキャンペーンをともに推進している。いったいどこを探せば、これが「文明」や「自由」や「ヒューマニティ」や「フリーワールド」への「臆病な」攻撃などではなく、アメリカの特定の同盟関係と軍事行動が引き起こした、自称・世界の超大国に対する攻撃であったとする認識が見つかるのだろう？　いったいどれだけの国民が、アメリカによるイラク爆撃が進行中であることに気づいているのだろう？　そしてもし仮に「臆病な」という言葉を使うのであれば、他人を殺すためにみずからの死を厭(いと)わない人間に対してではなく、報復の及ばぬ高みから殺害を行う人々に対しての方がふさわしいと言えるのではないだろうか。[*15]

この文章について、社会学者の大澤真幸（まさち）は、「この著名な批評家がとりたてて力を込めて書いたとは思えない、一〇〇〇語に満たない短い文章が、彼女の人生の中で最も大きな反響を呼んだ」といった具合に、ソンタグの仕事量とその反響のコントラストが際立つようなかたちで紹介している。その上で、大澤は、「ソンタグが言おうとしたこと」は、けれども、同時期に放送された「ある深夜テレビ番組のコメンテーターの発言」と同質のものであった――すなわち、これが必ずしもソンタグ一人の突出した意見ではなかったとの見解を示しつつ、以下のように持論を展開してみせた。

コメンテーターはソンタグとまったく同じことを、単刀直入に、しかもおもしろおかしく語ったのである。「アメリカ人は臆病である。テロリストは身体ごとビルにぶつかっていったのに、アメリカ軍は遠くからミサイルを撃つだけだ」と。この発言は、アメリカで最も寛容な視聴者すらも耐えがたい、寛容の限界線を刺激してしまった。怒りが証明しているのは、大義のために死を恐れなかったテロリストに対する深い劣等感が、アメリカ人にある、という事実である。[*16]

こうした大澤の解釈を踏まえると、9・11をめぐるソンタグの政治的発言においても、利己的であることと利他的であることは、やはり表裏一体となっていたことが分かってくる。すなわち、ソンタグにとっては、テロリストを臆病者とみなしたがるアメリカ人の劣等感が、「害をなすばかりか独我論の一形態」[*17]のように思えていたのであり、そのようにみずからの負い目を直視しようとするソンタグの批評は、何をおいても、現実に死にゆく他者を思うがゆえに実践されるべきものだったのである。

ソンタグの二重のフラストレーション

ソンタグは、たとえ自国に敵対する者であっても、死にゆく他者への敬意を忘れることはなかった。しかし、その一方で晩年のソンタグは「〔写真のなかの〕死者たちは、生きている者たちに露ほども関心を抱いてはいない」という感慨にも浸っている。前掲のジュディス・バトラーは、ソンタグがなぜ、このような生き残った者にとっては無情とも思える結論に到達せざるをえなかったかを考察し、そこにソンタグをさいなみ続ける、二重のフラストレーションの存在を読み取った[*18]。

まず、一つめのフラストレーションとされるのは、一九七〇年代に書かれた『写真論』

においてソンタグが表明したもので、写真というものに見られる困った特質——すなわち、道義的な熱狂を煽りながらも政治的にはある種の思考停止をもたらすといった性質へのフラストレーションであった。

そのフラストレーションを解消するためにこそ、ソンタグは『写真論』を書き、さらには『他者の苦痛へのまなざし』へとつながる戦争写真論を書き続けてきたのだが、バトラーが指摘するところによると、結局そうした批評に没頭してこられたのは、みずからが「第一世界の知識人として何ができるだろうかといった、後ろめたくてナルシスティックな先入観」にとらわれていたせいであった。[19] かくして、世の中の矛盾に特権的な知識人として臨むことの欺瞞に気づいてしまったソンタグは、ここに二つめの大きなフラストレーションを抱え込むことになってしまったのである。

思えば、三島由紀夫や太宰治など、ソンタグが手に取った日本の作家たちもまた、それぞれの信条にしたがって、こうした二重のフラストレーションに苦しむ自画像を提示してきたのかもしれない（ソンタグが個人的に使用していたノートには、一九六四年の段階で、『人間失格』と『斜陽』のタイトルが書き込まれている[20]）。

とりわけ、太宰治の『人間失格』では、「清く明るくほがらかな不信の例が、人間の生活に充満しているように思われます」と苛立つ主人公・大庭葉蔵が、けれども「自分だって、お道化に依って、朝から晩まで人間をあざむいている」のであり、誰よりも「修身教科書的な正義とか何とかいう道徳には、あまり関心を持てない」でいるのが自分なのだと言い募ってみせ、読み手の私たちをはっとさせる。[*21]

これと同様のことが、スーザン・ソンタグの人生にも見て取れる。それは、俗世にはびこる不信と教科書的な正義のはざまで、ときにトリックスターのように人間たちをあざむかねばならない知的な物書きとしての人生だ。

ところで、太宰の葉蔵は、そんな己の自画像を「お化け」のようなものとして描いていたが、一方のソンタグは、とある企画で自画像を求められ、ただ「ユダヤの星」と「孔子の格言」のみを紙の上に描いて提出してみせたという。[*22]

いったい、そのこころは何であったのか?

第8章　ソンタグの肖像と履歴

『人間失格』とベンヤミンの写真

太宰治の『人間失格』は、葉蔵という男を写した複数の写真をめぐる記述から始められていた。ソンタグもまたこれとよく似た導入方法で、ドイツの批評家・ヴァルター・ベンヤミン論を書いており、そのことは写真論的にもたいへん興味深いのだが、ソンタグの論考を検証する前に、まずは『人間失格』の冒頭部分を確認しておこう。

太宰の語り手が提示する三葉の写真のうち、一葉めは葉蔵の幼年期のものであった。そして二葉めは、「おそろしく美貌の学生」となった頃のもので、三葉めは、「自然に死んでいるような」年齢不詳の写真であった。[*1]

これら一連のイメージは、時間の（残酷な）経過を表すと同時に、写真と写真のあいだの葉蔵の（やはり残酷な）断絶を否応なしに強調するから、太宰が提示した三葉の写真は、被写体の同一性を前提としながらも、「はたして、一葉めと三葉めの彼は同一人物だろうか？」といった、人間存在の同一性についての読者の疑念を深めるのにも一役買っていると言えるだろう。

対するソンタグは、『写真論』刊行の翌年に発表されたベンヤミン論を展開する「土星の徴しの下に」において、さながら『人間失格』をお手本とするかのように、ベンヤミンの四葉の写真を、次のような順序で読者の前に並べてみせている。

● 一葉め（一九二七年）では、ベンヤミンはまだ若くハンサムだった。
● 二葉め（一九三〇年代後半）の彼は、もはや若くもハンサムでもなかった。
● 三葉め（一九三八年）の彼は、けんか腰な視線をカメラに向けながら直立している。
● 四葉め（一九三七年）のベンヤミンは、座って図書館で作業中らしく、下を向いている。[*2]

ソンタグによって並べられた四葉のベンヤミンの写真は、一葉めから二葉めへのジャンプが、あからさまな時の流れを物語っているのに対して、二、三、四葉のあいだには微妙な時系列のゆがみがあり、それが少しだけ読者の気持ちを不安にする。
また、三葉めと四葉めに映るベンヤミンの対照的な姿（直立と着席、カメラの直視と作業への没頭）もまた、写真と写真のあいだの非連続性を示唆しているから、鑑賞者としての私たちは、ここにもまた居心地の悪さを感じてしまう。
では、ソンタグはなぜ、こんな紹介によってベンヤミンという批評家を語り始めることに決めたのか。ヒントは、同論考に引用された、次のようなベンヤミンの言葉だ。

「自伝は時間に関係づけられなければならない。つまり、順列や、人生の継続的な流れをでっち上げるものに関係づけられねばならないのだ」と彼〔ベンヤミン〕は『ベルリン年代記』に記している。「だからここでは、私は空間について、瞬間と断絶について語るのである[*3]」

みずからの人生を語る際に、その時間の流れにあえてあらがい、瞬間と断絶を選ぶベンヤミンの反時間的な感覚は、ベンヤミン論を書くソンタグがぜひとも踏襲したかったものであったに違いない。そのためにこそ、ソンタグは『人間失格』と同じような物語の導入方法を用いて、それぞれに空間化された瞬間でありながらも、それが複数並ぶことによって断絶を表現する「肖像写真」というものに読者の目を向けさせたのだろう。

「女性」が被写体になるとき

『人間失格』やベンヤミン論のケースとは異なり、肖像写真のようなビジュアル素材がテレビや雑誌で使用されるのは、大概、その外観こそが当人の内面を映し出しているとの解釈を鑑賞者に促すためである。ちなみにソンタグ本人は、初期批評「様式（スタイル）について」において、こんなことを述べていた。

　ほとんどすべての場合において、私たちの外観のあり方は、私たちの存在のあり方そのものだ。仮面は顔なのである。[*4]

　こうしたアフォリズムも、この部分だけを意図的に切り取ってしまえば、女性を被写体とする写真に向けられた男性的な視線の奥に潜む（あるいはあからさまな）差別的思考を擁護する発言としても使用可能であろう。けれど、もちろんそうした解釈は誤りである。

晩年に書かれたエッセイ「写真は意見ではない、それとも、そうなのか?」(一九九九年)を読んでみよう。ちなみに、この文章は元々、ソンタグの最後のパートナー、写真家アニー・リーボヴィッツの作品集『女性たち』に収録されたものだ(彼女については、次章で詳述する)。

> 女性的であるというのは、一般に流布する定義では、魅力的であるということと同義だし、さもなくば、魅力的であろうと努力することを意味している(男性的であることが力強いことと同義であるのと同じだ)。無論、そうである必要はないときっぱり否定することも可能ではあるが、そうしたことに気づかぬままでいることは、いかなる女性にも不可能なのである。男性であれば、必要以上に見た目を気にすることは弱さとみなされるが、女性が見た目に十分な注意を払わなければ、それはモラル的な欠陥とみなされる。男性と異なり、女性は見た目で判断され、かつまた、加齢による変化のために一層罰せられるのである。[*5]
>
> (強調原文)

ここでソンタグが述べていることは、女性的であるということについての一般論であると同時に、ソンタグ個人の葛藤でもある。これは日本での例になるけれど、たとえば一九八一年に新潮社から出版されたソンタグの短編集『わたしエトセトラ』の帯には、次のような紹介文が添えられていた。

まだ見ぬ中国への未体験旅行記（イメージ）「訪中計画」、現状打破の現代的解決法を描くSF風コント「替え玉」、自殺していった友人ジュリアへの哀切な叫び「事情報告」ほか5篇、評論集『反解釈』で批評界に華々しくデビューし、その美貌ゆえに〝アメリカ前衛芸術界のナタリー・ウッド〟ともてはやされた著者の第一短篇集。[*6]

本体カバーの裏表紙に書かれた著者紹介とは異なり（そこでは、彼女の長編小説が「カフカ、カミュを想起させる作品であるとして絶讃を浴びた」と書かれている）、あくまでも宣伝用として書かれたこの帯文では、「華々しくデビュー」という表現が「美貌」という言葉と結託し、「もてはやされた著者」というソンタグ像に着地する。そして、この帯文を読む視線をあらためてカバー裏の上部へとスライドさせれば、そこには先ほどの生真面目な紹介文があり、そのとなりには、白黒で印刷されたソンタグの写真がすでに「魅力的」であることを保証されて配置されているのである。

ソンタグは、『わたしエトセトラ』の刊行後に収録された〈ローリング・ストーン〉誌のインタビューにおいて、自己表現と自画像について次のようなコメントを残している。

〔自画像を描く企画で「ユダヤの星」と「孔子の格言」のみを紙に描いて提出したのは、〕自分自身を描き表したくなかったから。『わたしエトセトラ』という短編集に、そういった複雑な思いとかジレンマはすべて書いたんです。実のところ、何編かは自伝的ではあるのだけれど、『わたしエトセトラ』というタイトル自体、「わたし」をカッコにくくってしまっている。つまり私は、私自身を表現しているとは思ってはいない。私の仕事の重要な点は、私を表現しないこと。私自身を作品に貸してあげることはできるにしても。[*7]

（強調原文）

このように、自作についての私小説的な読解を拒絶するソンタグの葛藤は、性別を問わず、多くの物書きたちに共通するものだろう。けれどももちろん、女性の書き手の肖像写真というものは、その被写体が「女性であること」、すなわちその書き手が「男性ではないこと」を第一の情報として受け手に伝えてしまう。

では、女性の経歴を語る際に、その前提とされる「男性ではない」というメッセージは、いったいどのようなノイズを生み出してしまうのか。

このことを検証するために、とある紹介文の一部を批判的に読んでみたい。

……一九五九年冬、すでに別居状態にあった夫と離婚してシングルマザーとなったソンタグは、六歳になる息子のデイヴィッドとともに、ニューヨークに移り住みました。

「とある紹介文」とぼかしてはみたものの、これは第3章で私が創作した、あのドキュメンタリー仕立ての文章からの抜粋である。自分で書いたものをさっそく引用し、かつまたただちに否定してみせるという不作法には目をつむっていただくとして、このような語りには「書き手」（つまり私）の偏見が潜んでいるばかりでなく、「読み手」（つまりあなた）の「常識的判断」をあてにしたイメージ補正が期待されている。

というのも、こうした紹介の仕方では、はたしてソンタグが「離婚後に本格的に書き始めた」のか、それとも「結婚の有無にかかわらず物心ついたときから書き続けていた」のかが曖昧にされ、よりドラマチックな解釈を好むのであれば、多くの読み手はきっと前者を選ぶに違いないと思われるからだ。

だが、これがもし女性作家の紹介文ではなかったとしたら、どうだろう。「別居→離婚→シングルファーザー→作家デビュー」といったエピソードは、男性作家の場合では、あるいはその意味合いを異にするのではないだろうか。

たとえば、太宰治の人生をまとめた再現ドラマで、よもや彼の才能が後天的なものと考えたがる人はいないだろうし、その伝説的ともいえる女性関係は作品に奥行きを与えこそすれ、太宰の文才を抑圧するものだとは想像することもないだろう。

そして、太宰同様、ソンタグの才能もまた、天賦のものであると同時に、幼い頃からの不断の努力の賜物(たまもの)でもあった。ゆえに、ソンタグの場合、「離婚後に本格的に書き始めた」といった憶測はまったく的外れなものとなる。事実、「書く」ということに関するソンタグの才能の横溢(おういつ)ぶりは、その奇妙な結婚生活においても健在であった。

「夫」フィリップ・リーフとの生活

もう一度だけ、先ほどの紹介文に戻ってみよう。

……一九五九年冬、すでに別居状態にあった夫と離婚してシングルマザーとなったソンタグは、六歳になる息子のデイヴィッドとともに、ニューヨークに移り住みました。

ここで私が「夫」とのみ紹介した人物の名は、フィリップ・リーフという。

リーフとソンタグが出会ったのは、一九五〇年一一月のことだ。リーフはシカゴ大学で教える二八歳の講師で、当時一七歳だったソンタグは、彼の授業を履修した学生の一人に過ぎなかった。だが、授業初日から一〇日後、事態は急展開を迎える。出会って二週間も経たぬうちに、二人は結婚を決めてしまったのだ。

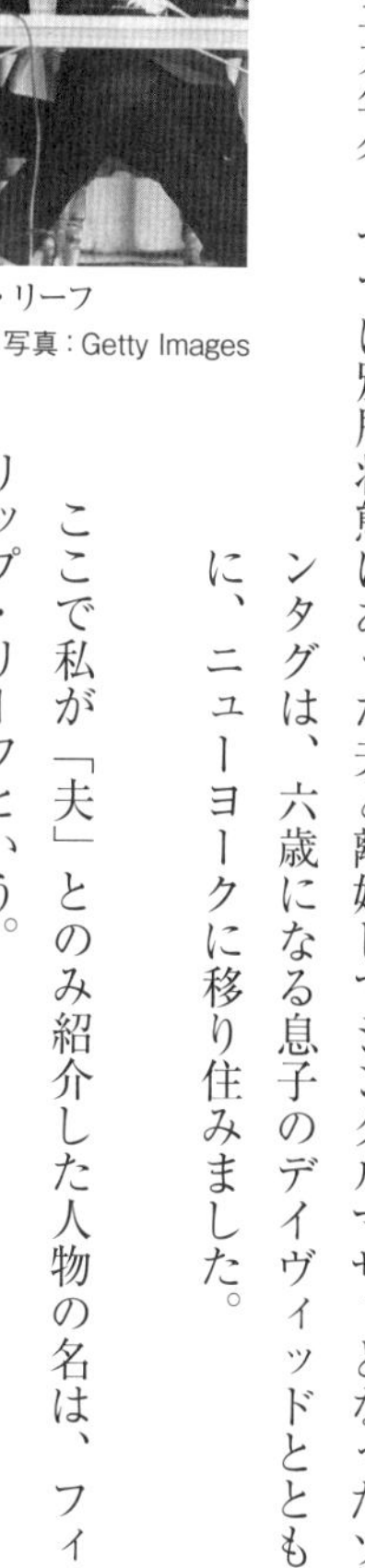

パネリストとして登壇するフィリップ・リーフ（右端、1967年）　写真：Getty Images

リーフと出会い、プロポーズされるまでのあいだに、ソンタグは自身の家族に宛てて、彼についての手紙を送っている。モーザーの評伝『ソンタグ』では、当時一四歳だった妹への手紙と、必ずしも関係が良好だったとは言い難い母への手紙が並べて引用されている。

【妹への手紙（抜粋）】

私の仕事は、経済学の教員フィリップ・リーフのリサーチ・アシスタント。彼は目下、研究書を執筆中です。〔……〕この仕事はもちろんとても誇らしいことで＋これもまた教育の一環と言えるはず。私の仕事はこの本関係（調査＋執筆）以外にもあって、リーフがいろんな一般的＋学術的雑誌のために書かなくてはならない書評の仕事も、ずいぶん引き受けることになりそうです。つまり、本を読む＋要約する＋書評を書く。その要旨＋書評を彼に渡せば、彼は本を読む手間がはぶける＋彼は私の書いたものを修正する＋それを彼の名前で投稿する。要するに、ゴーストライターね！

【母への手紙（抜粋）】

フィリップ・リーフという人とすごく深く知り合ってしまいました、＋突然、これは本当にすごいことだって分かったんです――私がこれまで経験してきた関係とはまったく違う――笑わないでください！　彼はハンサムじゃない――長身＋細身で骨張った顔＋髪の生え際は後退してる――怖いぐらいに生真面目＋品行方正――でも、彼はびっくりするほどブリリアント＋とっても親切＋私にとっては美点と思えるものすべて――あなたの醒め切った子どもが、こんな陳腐な感情を本当に持つことになっただなんて信じられます？[*8]

（記号と強調はいずれも原文）

これらソンタグによる手紙は、あくまでも彼女と家族の関係の中で書かれたものであり、ソンタグは決して、公の見解としてリーフのことを右のように評していたわけではない。また、手紙の引用元である評伝『ソンタグ』の著者も、これら私的な手紙の扱いには、きわめて慎重な態度をとっている。なにしろ、妹宛ての手紙に書かれた「ゴーストライター」という表現は、気軽に引用すればリーフの学者としての名誉を大きく傷つけるものであるし、かつまた、母宛ての手紙に書かれた「私にとっては美点と思えるものすべて」といった無邪気な愛の告白は、その愛に付け入る成人男性といったもう一つのリーフ像をあぶり出しかねず、それもまた彼に対する重大な名誉毀損となる可能性があるからだ。

とはいえ、同評伝では、これら二つの手紙の引用を呼び水にして、状況証拠ならびに同時代の証言を集めていき、リーフの出世作となった研究書『フロイト　モラリストの精神』（一九五九年）が、著者本人のリサーチに基づきつつも、その大半はソンタグの手によって仕上げられたのではないかと推論するに至っている。

また、評伝が引用するリーフ本人の「自白」としては、二〇世紀も終わりに近づいてソンタグ宅に届けられた一冊の本と、そこに記された走り書きが衝撃的だ。

四〇年後――双方のキャリアにとってこの疑念が問題ではなくなってからずいぶん後のことである――、スーザンが暮らすニューヨークのアパートメントの呼び鈴が鳴った。小包の宅配だった。開封してみると、出てきたのは『フロイト　モラリストの精神』が一冊。そこには、「スーザン、私の生涯の愛、我が息子の母、この本の共著者――許してくれ。頼む。フィリップ」と記されていた。[*9]

このように事情を少し書き足していくだけで、人物紹介というのは色合いを変えていく。

成人の夫と未成年の妻、大学教師と教え子、著者とゴーストライター、さらには、一度ならず中絶を選択せざるをえなかったソンタグと、それでも最後には彼女に出産を懇願したリーフの関係等々。

だが、そうしたエピソードがたとえすべて証拠や証言に基づくものであったとしても、私たちが問うべきは、その並べ方にあるのだろう。つまり、ソンタグが引用するベンヤミンの言葉にもあったとおり、「順列や、人生の継続的な流れをでっち上げるもの」を、私たちは、このソンタグの評伝についても今一度疑ってみる必要があるのだ。

研究者としてのキャリア

結婚と離婚というライフイベントを紹介文に加えることは、それにより当の女性のキャリアは大きな影響を受けたのだと、暗に示すことになりかねない。だが、フィリップ・リーフとの結婚生活が続くあいだも（現実問題としてそれはソンタグを大いに苦しめはしたものの）、研究者としてのソンタグは、精力的にキャリアを築こうと努力を続けていた。

では、高校卒業から離婚までのあいだに、ソンタグがどのような教育・研究機関に所属していたのか、時系列に沿って確認してみよう。

一九四九年　北ハリウッド高校を一六歳で卒業。
カリフォルニア大学バークレー校に、春学期のみ在籍。
秋学期から、シカゴ大学に奨学生として入学。
一九五一年　二年間でシカゴ大学のカリキュラムを修了。
一九五三年　秋学期から、コネティカット大学大学院の英文学専攻に入学。
同大学の学部で作文を指導するインストラクターを務める。
一九五四年　ハーバード大学大学院の英文学専攻に合格。
一九五五年　秋学期から、ハーバード大学大学院に通い始めるが、
ただちに英文学専攻に幻滅して、哲学専攻に移る。
一九五七年　同大で修士号を取得。
九月、オックスフォード大学の奨学生としてアメリカを発(た)つ。
一二月、オックスフォードを去り、パリへ移動。
一九五八年　カリフォルニアに戻る。

ここまでが、ニューヨーク時代以前の、ソンタグの研究者としてのキャリアである。評伝『ソンタグ』によれば、一九五八年七月の時点で、ソンタグはハーバード大学に戻れるよう奨学金に応募をしていたようだが、それは実現しなかった。そして、五九年にニューヨークへ移り住んだソンタグは、元夫からの慰謝料の受け取りを拒否し、ユダヤ系の〈コメンタリー〉誌で働き始める。

また、同年の秋学期からは、サラ・ローレンス・カレッジとニューヨーク市立大学シティ・カレッジで哲学を教え、六〇年の秋学期からは、コロンビア大学にて宗教学を教えることとなった。しかし、このときすでにソンタグの心はアカデミズムにはなかった。

一九六二年五月、ソンタグは、生涯にわたって自身の著作をゆだねることになる出版社ファラー・ストラウス&ジルーと小説出版の契約を結び、六三年、同社から第一長編小説『夢の賜物』を刊行。翌年にコロンビア大学を辞したソンタグは、六六年に刊行した第一批評集『反解釈』で一躍時代の寵児（ちょうじ）となるのだが、これはすでに確認したとおりだ。同書はただちにペーパーバック化権が買われ、六七年にはハードカバーで一万部、ペーパーバックも六九年の時点で二万部以上のセールスを記録したという。

ソンタグと息子のデイヴィッド(1967年)
写真：Everett Collection/アフロ

「強さ」の解釈にあらがう

年表を編み、そしてそれが読み解かれる際の偏見を、私たちはいったいどうすれば拭い去れるのだろうか。

一番シンプルで、それゆえにたいへん難しいともいえる方法は、ソンタグが「女性」であるという重要な情報を確かに知りつつも、キャリアとしての年表を読む際には、その情報をすべて忘れてみることなのかもしれない。

だが、その上でまだ、「いったい息子のデイヴィッドはいつ生まれたのか」、「ヨーロッパ留学のときに、息子の面倒は誰がみたのか」といった疑問が残るというのであれば、先のキャリアの年表とは別に、あらためて新しい年表を作るしかないのだろう。

歴史上の人物の年表といえば、業績と履歴と個人史をすべて一つにまとめたものが一般的だが、こうした慣習こそが、女性の偉人を学ぶ際の大きな弊害となっていることを、私たちは学ばなくてはならない。

一九五〇年　リーフと結婚。
一九五二年　ボストンで、息子デイヴィッドを出産。
一九五七年　ソンタグは渡欧し、リーフとデイヴィッドはカリフォルニアに引っ越す。
　　　　　　ソンタグ自身のかつての乳母に、デイヴィッドの世話を依頼。
一九五八年　カリフォルニアに戻り、リーフと離婚。
一九五九年　デイヴィッドとともにニューヨークに移住。

　このようにプライベートなイベントを中心に編んだ年表を、ソンタグのキャリアとどのように関係付けて読み解くかは、もちろん読者の自由である。
　ただし、ここで忘れてはならないのは、分割して提示されるべき年表は、実はたったの二つではないということで、他者との関係にとりわけ意識的だったソンタグの場合、人生のさまざまな段階で深く互いを知り合った女性のパートナーたちについても、さらにいくつかの年表が用意されなくてはならない（このことは、これ以後の章の議論にとっても、きわめて重要な意味を持つだろう)。

一九四九年　五歳上のハリエット・ソーマーズ・ズワーリングと知り合う。
彼女との出会いについて、「セクシュアリティについての概念がすっかり変わった」とソンタグは日記に書いている。

一九五七年　パリでハリエットに再会。

一九五九年　帰米したハリエットと、一時期ニューヨークで同棲。
ハリエットの元彼女であったマリア・アイリーン・フォルネスと付き合い始める。

一九六三年　アイリーンと破局。

評伝『ソンタグ』に限らず、これに先行するソンタグの評伝にも、こうしたソンタグの交友関係は詳しく述べられているが、いずれもその主たる情報源は、ソンタグの死後に発表された日記『私は生まれなおしている――日記とノート　1947―1963』であり、これは二〇〇八年に、ソンタグの息子デイヴィッドの編集により刊行が実現したものであった。
　それにしても、異性間の結婚生活と違い、公式な開始と終了の時期が明示されない同性間の恋愛生活は、情報としての厳密さを求められる年表作りには不向きなものかもしれない。また、より厳密にこの議論を進めるならば、異性間の関係についても、結婚と離婚という公的な情報だけではやはり不正確極まりないことを思い出しておく必要はあるだろう。たとえば、フィリップ・リーフとの離婚後も、息子のデイヴィッドは、夏ごとに父親のもとに帰ることが決められていたし、これは評伝『ソンタグ』に詳しい記述があるのだが、あるときフィリップがニューヨークを訪れ、ソンタグ母子を「ストーキング」した挙げ句に、それが新聞沙汰になるというトラブルもあったという。[*10]
　このように、私たちが何を知りたいのかによって、同じ人物でもその履歴は簡単にその様相を変えてしまう。あらためて、あのドキュメンタリー仕立ての紹介文でも引用した、ソンタグの日記からの一節を読んでみよう。

　強さ、強さこそが私の求めるもの。それは耐える強さではなく——それなら私は持っているし、それが私の弱さにもなっている——、行動する強さだ。

ここに提示された「耐える強さ」と「行動する強さ」の対比は、まさしく、私たちがソンタグのどの履歴を採用するかによって、その解釈を大きく変えるだろう。さらには、この日記からおよそ四〇年の時を経て書かれたソンタグのエッセイの、次のような記述を読むとき、私たちはあらためて、書かれた文章と書いた本人を結びつけて読むことの難しさを実感することになる。

スーザン・ソンタグの日記（一九五八年頃）より[*11]

私はこれを行う、私はこれを耐える、私はこれを求める……なぜなら私は女だから。

私はこれを行う、私はこれを耐える、私はこれを求める……たとえ私が女であっても。

女性たちに強要された劣勢、すなわち、文化的マイノリティとしての彼女たちの状況がために、女性とは何であり、何ができ、何を求めるべきであるか、といった議論が続けられている。フロイトが口にしたとされる有名な問いかけに「主よ、女たちは何を望んでいるのですか?」というものがある。想像していただきたいのは、「主よ、男たちは何を望んでいるのですか?」という問いかけが自然になされるような世界だ。

しかし、いったい誰がそんな世界を想像できるだろう？[*12]

これはすでに私たちが参照した、リーボヴィッツの作品集『女性たち』に寄せられた文章である。注目したいのは、引用の始まりが、まさしく四〇年前の自身の日記に対する、ソンタグなりの読解方法を提示しているという点だろう。行動、忍耐、欲望。そうしたことの一々に、なぜ「女だから／であっても」という一言が付随して回るのか。

結婚と出産と独立を柱とした従来の履歴のみならず、アカデミズムにおける戦略的なキャリア作りを示した学歴と、女性たちとの深いつながりを求めた愛の履歴をも併置し、さらには書き手本人の読解を参考にするのであれば、私たちはもはや、若き日のソンタグが日記に書き付けた「耐える強さ」と「行動する強さ」という二つの言葉を、「男性的抑圧への忍耐力」と「女性解放的な行動力」の二つへと機械的に解釈してしまうことはできなくなってしまうのだ。

第9章 「ソンタグの苦痛」へのまなざし

ある写真家の人生

裸のジョン・レノンがヨーコ・オノに口づけをしている写真や、妊娠中のデミ・ムーアが腹部を抱えているヌード写真など、数多くの衝撃的なセレブ写真を発表してきたアニー・リーボヴィッツは、晩年のソンタグのパートナーであった。

一九九八年から二〇〇四年まで、治療に苦しむソンタグの姿を写真に収めてきた彼女は、失敗に終わった骨髄移植手術の後、永遠に目を閉じたソンタグの姿を前に、やはりシャッターを切ることを忘れなかった。

もちろん、それだけでも十分に想像を絶する作業ではあるのだが、リーボヴィッツはソンタグの死後、それらの写真を、セレブたちを被写体とした写真集『ある写真家の人生』

（二〇〇六年、未訳）の一部に含めるかたちで公開することを決めた。

がんに苦しむソンタグ、そして永遠に目を閉じたソンタグ……そうした姿を撮影するリーボヴィッツの行為は、被写体に対する圧倒的にプロフェッショナルな不介入の姿勢であった。けれど、それは同時に、パートナーの死の運命にみずから飛び込んでみせるという他者のヴァルネラビリティへの関与でもあったから、その結果の評価を写真家みずからが下してみせるというのは、きっとあまりに難しいことであったのだろう。

『ある写真家の人生』の序文で、リーボヴィッツは次のように書いている。

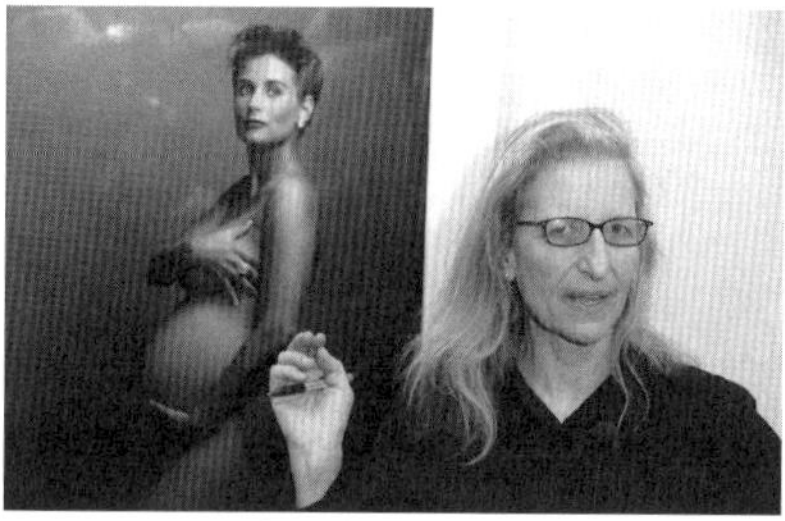

> 私は、スーザンの最後の日々を写真に収めることをみずからに強いた。一九九八年、スーザンが病に倒れたときに二人で始めた仕事は、きっと今回の写真によって完成したのだ。〔……〕彼女は数年間、体調を悪くしたり良くしたりを繰り返し、入院は何ヶ月にも及ん

デミ・ムーアの写真の前に立つアニー・リーボヴィッツ（2009年）
写真：Most Wanted Pictures/アフロ

だ。屈辱的である。自分が誰だか分からなくなるのだ。けれど、彼女は着飾るのが大好きだった。私は、ヴェネツィアで一緒に買ったスカーフや、劇場に行くときに彼女が着ていく黒いベルベットのイェオリーのコートを運び込んだ。そこに横たわる彼女を撮影しているとき、私はトランス状態にあった。[*1]

自我を喪失したソンタグを、トランス状態で撮影するリーボヴィッツ。このとき、写真家はただ、死にゆく批評家のヴァルネラブルな状態に向けてシャッターを切り、そして同時に、みずからを「トランス状態」なるヴァルネラブルな状態に追いやっている。

ここでもっとも大事なことは、写真家は被写体である批評家の「苦痛」を撮影しているのではなく、自分が誰だか分からなくなっていくという被写体の状態に反応して、はからずも自身のヴァルネラビリティを曝(さら)け出してしまっているということである。「写真を撮ることは、他の誰かが抱える（あるいは他の事物が抱える）死すべき運命、ヴァルネラビリティ、移ろいやすさといったものに関与すること」と書いたソンタグの仕事は、ここに至ってパートナーとの「二人の仕事」に結実したのだと言えよう。

ソンタグの一人芝居？

けれども、リーボヴィッツの撮った最晩年のソンタグの写真は、多くの人にとってはスキャンダル以外のなにものでもなかった。

評伝『ソンタグ』でも、モーザーは、以下のように断罪している。

スーザン・ソンタグが瀕死（ひんし）の状態にあったとき、パートナーであったアニー・リーボヴィッツは、化学療法を受けるソンタグの一連の〈写真〉を撮った。病院のストレッチャーに横たわったソンタグは、苦痛に身体をねじり、そして――身体をむくませ、傷だらけになり、何も認識できない状態で――死んだ。ソンタグの死から二年が経（た）ち、それらの〈写真〉は、『ある写真家の人生』という題で刊行された。同書でリーボヴィッツは、政治家やセレブをはじめとする職業的な〈写真〉とともに、自分の私的な人生に取材した〈写真〉も収録した。それは彼女自身の妊娠と第一子の誕生であり、さらには、ソンタグの死と、その二週間後のリーボヴィッツの父親の死という、ほとんど同時に起きた二つの死を記録したものだった。

リーボヴィッツにとって、それは人生の極限――生と死――と、そのあいだに挟まれた日々を記念するものだったが、他人にとってそれはフリークショーだった。*2

（傍点引用者）

リーボヴィッツのアーティストとしての選択（死の淵（ふち）をさまようソンタグの写真を公開したこと）に対するモーザーの評価は、「フリークショー」という、いささか時代錯誤な侮蔑語によって表現されている。こうした表現の選択に、もやもやとしたものを感じる読者は少なくないだろう。つまり、リーボヴィッツの行いは責められても仕方がないのかもしれないが、モーザーにしても、もう少し言葉を慎重に選ぶべきではなかったのか、と。

しかし、モーザーが「フリークショー」という言葉を使ったのには、一応のエクスキューズがあった。そう、その表現は、『写真論』でソンタグが愛憎相半ばに論じた写真家ダイアン・アーバスの仕事に由来するものであり、ここでモーザーは、瀕死のソンタグを撮るリーボヴィッツの姿に、あのアーバスの姿が重なっていることを示唆しているのである。

先に論じたとおり、一九七一年に自殺したアーバスは、さまざまなマイノリティを「フリークス」として撮影し続けた。ただし、そんなアーバスを、ソンタグは多層的に批評し、彼女の写真や写真家としての態度には、評価すべき点と非難すべき点がないまぜになっていると論じていた。そうしたことをモーザーも加味して、次のように評している。

ソンタグとは、〔写真家の〕アーバスであり〔被写体の〕フリークであった。彼女は、写真家にして被写体、審判にして被告、死刑執行人にして死刑囚だったのである。ソンタグの両義性は、〔『写真論』に収録された〕これらの文章が、第一に彼女自身に宛てて書かれたものであることを意味している。それらは彼女が不信感を抱いていた自身の一部を粛清しようとしていたのである。[*3]

モーザーの言うとおり、ソンタグはアーバスを一方的に攻撃したのではなく、この写真家の美学に同族嫌悪と紙一重の親近感を抱いていたのだろう。しかしながら、ここで私たちが思い出さなければならないのは、評伝『ソンタグ』にアーバスが召喚されたのは、必ずしも『写真論』への理解を深めるためでなく、あくまでも、リーボヴィッツの写真を倫理的に査定するためであったということだ。

まず、リーボヴィッツの「スキャンダラス」な写真をめぐるモーザーの議論は、以下に見るように、「人物Aは人物Bである」といった隠喩的解釈によるところが大きい。

●瀕死のソンタグを撮るリーボヴィッツは、かつてフリークに向き合ったアーバスだ。
●ソンタグとは、アーバスでありフリークであった。
●かつてアーバスを論じたソンタグは、瀕死のソンタグを撮る今のリーボヴィッツだ。

こうしたロジックの使用法は、書き手の技術によってその説得力を変える。モーザーの場合、その語りの技術はとても高く、だからこそ私たちは登場する「彼女たち」のすべてを分かったような気にもなるのだが、それはいささか危険なことだ。なぜなら、リーボヴィッツをアーバスになぞらえ、ソンタグもアーバスになぞらえ、そして最後にはソンタグをリーボヴィッツになぞらえるといった隠喩の連鎖は、結果的に、リーボヴィッツ個人の意志による写真集刊行という「スキャンダル」を、過去のソンタグと現在のソンタグの一人芝居のようなものに落とし込んでいってしまうからである。

ハラスメント疑惑と隠喩

「スーザン・ソンタグ、写真家アニー・リーボヴィッツにハラスメントを繰り返していた」
これは、雑誌〈エル・ジャポン〉の日本語ウェブサイトに掲載された記事の見出しである。気になってタイトルをクリックすれば、そこには次のような記事が現れる。

1980年代に出会いプライベートでパートナーだったスーザン・ソンタグとアニー・リーボヴィッツ。2人はソンタグが亡くなる2004年まで交際していた。でも2人の関係が円満とは言えなかったことを、今週出版されたソンタグの伝記『Sontag: Her Life and Work(原題)』が明らかにした。

〔……〕

この伝記によるとリーボヴィッツは家賃を始めとするソンタグの生活費、プライベートシェフやメイドにかかる費用、旅費(ちなみにファーストクラス)を全て支払っていたという。一方でソンタグは「常にリーボヴィッツを言葉で攻撃していた。『あなたは極めて頭が鈍い、極めて鈍い』と言い続けていた」とソンタグの友人リチャード・ハワードが証言している。リチャードはソンタグのその態度に嫌気がさし、彼女との友情が終わったとも語っている。[*4]

この記事は、あくまでも娯楽のために書かれている。だから、どのようなリアクションをとるかは、読者次第だ。

たとえば、この記事を欲望の対象として読みたいのであれば、「リーボヴィッツをいたぶるソンタグの卑劣さ」といったものをそこから抽出し、そのイメージを消費することで、なにがしかの快楽を得ることは可能だろう。あるいは、この記事を道義的に消費したいのであれば、「正義について語っていたソンタグが恋人をいたぶっていたなんて、それが事実（＝史実）であるのならば、人として許せない」といった憤りを覚えてみるのが手っ取り早い。

ただし、ここで思い出しておくべきは、このゴシップ記事の元ネタが、先ほどから紹介しているモーザーの評伝『ソンタグ』であるということである。

すでに述べたとおり、モーザーが同書を執筆した動機の中核には、「彼女の個性とゴシップが、その著作を押しつぶしてしまった」ことへの憤りがあった。にもかかわらず、その評伝がまた新たなゴシップを生み出すことになるとは、予測されていたこととはいえ、やはり皮肉なものである。モーザーは書いている。

アニー〔・リーボヴィッツ〕のスーザンに対するふるまいは、スーザンが他の女性たちにとったふるまいと、まったく同じであった。ハリエット、アイリーン、カルロッタ――彼女たちはソンタグを愛したが、ソンタグの愛には及ばなかった。優しくすることと卑屈になること、寛大になることとなだめること、過ぎたことは水に流しましょうというのとマゾヒスティックになること、そうした区別について、スーザン自身はいつも配慮しきれずに苦労していたのだ。[*5]

これは、ソンタグがどのようにリーボヴィッツに接してきたかではなく、リーボヴィッツがどのようにソンタグに接してきたかについての記述であるのだが、こうした箇所にもやはり、ソンタグを隠喩としたリーボヴィッツ、というモーザー独自の解釈ははっきりと表れている。かくして、評伝『ソンタグ』の中のリーボヴィッツは、〔詳細にその言動を記述されながらも〕また一つその影の色を薄くしていくのである。

息子デイヴィッドの「ケアラーの経験」

モーザーは、とある公開対談で、まるでソンタグに関わる世界はリーボヴィッツの側と、息子デイヴィッドの側に分断されているようだ、と語っている。[*6]

ソンタグの息子デイヴィッド・リーフは、回想録『死の海を泳いで——スーザン・ソンタグ最期の日々』（二〇〇八年）の終盤で、前触れもなく母が倒れ、後悔も焦りも怯え（おび）も絶望も、そして、あのリーボヴィッツのカメラに映されることもなく他界していたならば、それはどんなに良かったことかと、その苦しい胸の内を吐露している。[*7]

ソンタグの闘病生活と臨終の瞬間、そしてパリでの埋葬に至るまでの日々を綴（つづ）ったデイヴィッドの回想録は、リーボヴィッツの写真とは異なる残酷さで、病によって身体と精神をさいなまれていくソンタグの姿を、デイヴィッド自身の苦しみとともに綴っていく。

アイルランドの比較文学者イアンナ・リアトスは、リーボヴィッツとデイヴィッドのそれぞれの行為を「ケアラーの経験」と呼び、次のように論じている。

本論文は、リーボヴィッツとリーフによるソンタグの死の自伝的記録を、ソンタグの病に対するケアラーの経験という文脈に当てはめることで、〔……〕自分自身が誰かも分からなくなるような、それぞれに異なる時間の捉え方を不安定なかたちで具現化したもの——すなわち、患者の末期を生き抜いたこととその記憶を、なにがしかのかたちで表したものとして読み解きたい。[*8]

確かに、ケアラーとしてのデイヴィッドの回想録は、母親のヴァルネラビリティを見つめつつ、みずからの立場もまた「ヴァルネラブルなもの」として捉える視点を提示している。

たとえば、「私たちの誰もがもっともヴァルネラブルになる夜明け前の数時間に、母が何を思い、何を感じていたかは分からない」と彼が綴るとき、デイヴィッドはそこで、患者の母とケアラーとしての自身を、等しく「ヴァルネラブルなもの」として眺めやっている。そうして、息子のケアを必要としている母親とともに、彼自身もまたなにがしかのケアを必要とする人間であったことを、読者に伝えようとしているのである。デイヴィッドは書く。

母の死は激しく、緩慢だった——母が死にゆく数日間は、本当にスローモーションで過ぎていたのではないかと思えるときもある。そして、そうした死の過程で、尊厳を剝ぎ取られてしまったのは、なにも母一人ではなかったのだ。[*9]

母親の最期のときを、このように記録するデイヴィッドは、ケアラーとしてのみならず、一人の人間としても、まさしくそのヴァルネラビリティの臨界点を迎えようとしたに違いない。

反隠喩、ふたたび

そして訪れた、二〇〇四年一二月二八日午前三時三〇分。誰もが「もっともヴァルネラブルになる時間」に、デイヴィッドは看護師から電話をもらい、病院に駆けつけた。同日午前六時過ぎ、ソンタグは永眠した。

それからこの回想録を書き始めるまでのあいだ、いったいどれほどの苦悩が彼をさいなみ、そしてそこから彼がどれだけ回復できたのかは、私たちには想像すらできない。ただ、先のリアトスの言葉を借りるならば、「患者の末期を生き抜いたこととその記憶」を語り直すといったプロセスは、一度剝ぎ取られた尊厳をデイヴィッドが取り戻すために、きっと避けては通れないものであったのだろう。

そして、「多くの人が、愛する者の死後、故人が本当に死んだなんて信じられない、きっとあの人は本当はまだ生きているのだ、と頑なに言っているのを聞いたことがあるが、私はことさら努力しなくても、そうした幻想に対してヴァルネラブルであったことはなかった」と綴るデイヴィッドは、[*10] この回想録を執筆し続けることで、あるいはみずからの「生」を取り戻したのかもしれない。そうしたプロセスは、トランス状態で写真を撮り、それをセレクトし続けたリーボヴィッツの回復過程と、おそらくはどこかで重なり合っていたのだろう。

だが、そうした二人の内面を、私たちは決して、隠喩によって結びつけることだけはしてはならない。なぜなら、リーボヴィッツが写真集を刊行せざるをえなかったのは、あくまでも彼女自身のヴァルネラビリティに関連した動機によるものだし、デイヴィッドにしても、回想録の刊行を促したのは、あくまでも彼自身のヴァルネラビリティを世間に公表するためだったからだ。

ソンタグの苦痛に向けられた、近親者たちのまなざし。その類似性と相違点を指摘することは、確かに重要なことかもしれないけれど、その大いなる前提として、私たちはこれら二つのテクストが、互いに「反隠喩」的な関係のうちに成り立っていることを忘れてはならないのである。

第10章　故人のセクシュアリティとは何か

追悼文への苦言

ソンタグのスキャンダルは、実質的にソンタグの一人芝居と言っても、あながち間違いではないだろう――。

そうしたゆがんだスタンスによる評伝の記述は、ソンタグ以外の関係者たちの尊厳を貶(おとし)めると同時に、個人の生涯を公の物語としてシェアすることの難しさを教えてくれる。

そして、これと同種の問題は、先に挙げたゴシップ記事のみならず、ソンタグの死に際して書かれた数多くの追悼文においても論争の火種となった。というのも、欧米の大手新聞に掲載されたソンタグへの追悼文は、彼女の交友関係の取り扱いをめぐって、それぞれに異なるスタンスをとらざるをえなかったからである。

たとえば、〈ロサンゼルス・タイムズ〉に掲載された「スーザン・ソンタグと奇妙な沈黙の事例」という寄稿文は、まさしくそうした論争の核心を突くものだった。

二〇〇四年一二月二九日、ゲイ・レズビアンの主要な報道機関は、「レズビアン作家のスーザン・ソンタグ」が亡くなったと報じた。〈ニューヨーク・デイリーニュース〉の訃報欄には、「著名な写真家アニー・リーボヴィッツは、彼女の長年連れ添った伴侶であった」と書かれていた。

二〇〇四年一二月二九日、〈ニューヨーク・タイムズ〉と〈ロサンゼルス・タイムズ〉は、ソンタグの訃報を一面で取り上げ、詳細な記事を掲載した。しかしながら、いずれの新聞も、リーボヴィッツやその他の女性との関係については言及しなかった。どうやら、アメリカでもっとも敬意を払われているリベラル紙の編集者たちは、もっとも完成度の高い人物紹介においてさえ、ふれることのできない個人情報——レズビアンであるということ——があると信じているようだ。[*1]

情報を整理するならば、これは〈ロサンゼルス・タイムズ〉の死亡記事に対する批判的なコメントを、一週間後に同紙が掲載したというものである。寄稿者は、『恥ずかしさを超えて——ラディカルなゲイ・セクシュアリティの失われた歴史の再建』（二〇〇四年）を著したジャーナリスト、パトリック・ムーアである。

ムーアはここで、追悼文はソンタグのセクシュアリティを紹介すべきだったと主張しているのだが、その理由をまとめると次のようになる。

●ソンタグは、セクシュアルな存在としての自己イメージを戦略的に利用してきた。
●同性愛者としての交友関係は、ソンタグの著作に多大な影響を与えている。
●そもそも、レズビアンについては言及を避ける、といった態度は偏見である。

ムーアの意見は、ソンタグの仕事におけるセクシュアリティの重要性を指摘している点で重要だ。だが一方で、ソンタグが「レズビアンであるということ」を大前提にしている点では、いささか勇み足であると言わざるをえない。

「大きなお世話ですよ！」

二〇〇五年六月、日本で開催された追悼シンポジウムにて、浅田彰もまた新聞の追悼文を例にソンタグの生涯を語ることの難しさを論じていた。そして、ソンタグのセクシュアリティを限定的に語ることについては、次のように声を荒らげて非難した。

〔浅田〕スーザン・ソンタグの死後とくに英米で出た下らないおためごかしの追悼文のなかで、「なぜ彼女は自分がレズビアンだと言わなかったのか」とよく言われるんですね。大きなお世話ですよ！

〔……〕

これまで強調してきたように、スーザン・ソンタグという人は現実の複雑さをさまざまな側面から注意深くとらえようとした作家です。たとえば、この人はヘテロセクシュアルである、この人はレズビアンやゲイであるというふうに、一義的に分けられるものではない。そこにはつねに微妙な揺らぎがあるはずで、スーザン・ソンタグはそれに徹底して忠実であろうとした。

その意味で、「スーザン・ソンタグがレズビアンとしてカム・アウトしなかったのは卑怯だ」などと言って事実上のアウティングをするというのは、それ自体、卑怯で愚劣な行為だと僕は思います。[*2]

ムーアとは対照的に、浅田は、「ソンタグがレズビアンだった」という事実を明らかにしたがる追悼文に苛立っている。そして、「そこにはつねに微妙な揺らぎがあるはず」という彼の主張は、それが戦略的に感情的な口調を選んでいることも含めて、なるほどと思わせる力がある。

ではここで、二人の主張を比べてみよう。

ムーアは言う。

だが、より重要なことは、ソンタグのレズビアンとしての関係が、彼女の著作と、その読解に確かな影響を与えているということだ。[*3]

浅田は言う。

「私は何人かの男性を愛し、何人かの女性を愛した」と〔ソンタグは〕言っている。それで十分じゃないですか。[*4]

このように並べてみると、両者の意見は必ずしも対立したものではなく、むしろ、「追悼文」というきわめてコンパクトな人物紹介に内在する欠陥についての共通の不満を、それぞれに異なった観点から述べたものであると考えることができるだろう。

確かに、セクシュアリティというものの持つ「微妙な揺らぎ」といったものは、紙面の都合で多面的な解説が難しい新聞記事では、描き出すことが難しい。そればかりか、そうした紹介文は写真とセットで一つの人物像を描き出すのが習わしだから、その読解もまたおのずと型にはまったものとなる。

「好色」という隠喩

女性のセクシュアリティについて、それを写真と美しさの問題に絡めつつ、ソンタグは次のように述べている。

美しさ――それも、つい最近まで主流だったやり方で写真に表現されてきたような美しさは、女性のセクシュアリティを曖昧にするものだった。〔……〕女性に対するより新しい撮影方法では、女性のセクシュアリティが隠されることはあまりない。とはいえ、かつてはご法度だった女体や官能的なポーズを写せば問題作になるというのはあいかわらずで、好色な目つきでの評価を装いつつ、実は男尊女卑を再確認しているだけという態度は、いつまで経(た)っても無くならない。女性の肉欲は常に抑圧されているか、憎まれているのだ。[*5]

これは、先述したエッセイ「写真は意見ではない、それとも、そうなのか？」からの一節なのだが、ポイントとなるのは、写真に向かう男性的視線に対しての、「好色な目つきでの評価を装いつつ」という但し書きだろう。というのも、これは「ポルノグラフィックな写真が男尊女卑を助長する」といった一般論と、実はまったく異なる主張だからだ。

ソンタグにとって、写真がポルノグラフィックであることは、とりたてて問題視されるべきことではない。そもそも、それがポルノグラフィックか否かという判断が、被写体に対する「好色な目つき」を根拠としてなされるのであれば、そこで真に重要視されているのは被写体とは無関係の、鑑賞者の側のセクシュアリティ（あるいは肉欲）ということになる。だから、それを検閲することは、あらゆる人間のセクシュアリティを固有かつ自由なものと考えるソンタグの立場を危うくしてしまうに違いない。

ソンタグの文章において、セクシュアリティと肉欲はほとんど交換可能なものとして書かれているが、これらはいずれも個人に完全にゆだねられるべきものとされている。だから、たとえあなたが好色な目つきでどんな写真を見つめようと、それ自体が性差別を増長しているのだとは、ソンタグも決して非難しない。

そうではなくて、性差別が前提となっているこの社会において、「自分はただ好色な目つきで見ているだけだ」という純粋な態度をとることはあまりに難しく、その「好色な目つき」が単なる偽装（あるいは、好色な興味もあるという素振り）に過ぎないことを、ソンタグは問題視しているのである。そう、「好色」という言葉が、「男尊女卑な態度」の隠喩であり続けている限り、被写体の純然たるセクシュアリティが写真に表現されることはないのだろうと、ソンタグは主張しているのだ。

鑑賞者の側のセクシュアリティ

このように、他人のセクシュアリティを表現するというのは、どう考えても至難のわざである。そして、ひとたびテクストに表現された他人のセクシュアルな情報を、なんとかして被写体そのものの「セクシュアリティ／肉欲」の表現であると解釈してみせるには、まずは鑑賞者みずからの「セクシュアリティ／肉欲」を意識化しなければならない（しない場合は、「男尊女卑を再確認しているだけ」との批判に甘んじることになる）。これもまた、とても苦しい行為であろう。

ポルノ写真のみならず、正式な肖像写真や新聞の紹介文、追悼文に対しても、これと同様の鑑賞態度をとってみるとき、そこでたちまち暴露されてしまうのは、鑑賞者である自分自身のセクシュアリティが、いかに「微妙な揺らぎ」のもとにあるかといったことだ。

写真に向き合う人間の「欲望」について、ソンタグは、たとえばこんなことを書いている。

欲望は歴史を持たない――少なくとも、欲望はそれぞれの事例において、前景化されたもの、直接的なものとして経験される。それは元型に駆り立てられるものであり、その意味では抽象的である。しかし、道義的な感覚は歴史に深く根付いている。その登場人物は具体的であり、シチュエーションは常に特定されているのだ。したがって、欲望を奮い立たせるために写真を使うときと、良心を目覚めさせるために写真を使うときでは、正反対ともいえるような法則が成立してしまうのである。*6

これは『写真論』からの引用だが、欲望と道義（あるいは良心）の対比が、「歴史を持たないもの」と「歴史に根付いたもの」の対比に置き換えられていることに注目したい。

話を具体的にしておくと、ソンタグはここで、煽情的なポルノグラフィックな写真と、戦争をテーマとするような、人道的な報道写真の違いを述べている。

まず、ポルノの目的はシンプルな快楽の追求であるから、被写体であるモデルに「歴史」は必要ない（むしろ、歴史などない方が好都合だ）。

一方で、戦禍や貧困を撮影した写真の場合、その被写体はいったい「誰」で、その背景はいったい「どこ」であるかということが分からなければ、その被写体に同情することは難しい。

こうした「写真」に対する「正反対の法則」は、ふつうであれば、だから「写真」というものには大きく分けて二種類あるのだ、という結論を導き出すだろう。
だが、ソンタグはもう少し正直だ。

痛みに苦しむ身体を提示する写真を見てみたいと思う気持ちは、裸体を提示する写真を見てみたいという気持ちと、ほとんど同じくらいに強烈なものだ。[*7]

これは、ソンタグが死の前年に刊行した『他者の苦痛へのまなざし』から引用したものであるが、注目すべきは、「裸の身体」と「苦痛の身体」を見ようとしている鑑賞者は、特に種類を分けられていないということである。

私たちは裸体の写真を見たいと思い、同時に、死に至らんとする身体についても、それを撮影した写真に、並々ならぬ興味を覚えてしまう（もちろん、実際にそれを見るか見ないかは別なのだが、拒絶することなしに無関心であり続けるということは難しい）。つまり、ポルノ写真と報道写真という、二種類の写真を見ている人間は、あくまで一種類（あるいは同一人物）なのである。

そしてまた、「苦痛の身体」のイメージは、容易に「ポルノ的な身体」にも変わりうる、とソンタグは指摘する――「魅力的な身体が暴行を受けているイメージはいずれも、それなりにポルノグラフィックだ」[*8]。

こうなってくると、先ほどまで二種類あると思われていた写真が、実は一種類でも良いということにもなってくる。すなわち、一葉の写真と一人の鑑賞者、という関係の中ですら、欲望と道義的感覚は別個に（あるいは混在したかたちで）生成されていくのである。

かくして、たった一葉の写真に向き合うたった一人の人間が、その写真にみずからの性的欲望を投影したいと願うならば、その写真にまつわるあらゆる「歴史」（＝過去）は忘却されなくてはならないし、反対に、そこから道徳的な教訓を得ようと願うならば、写真にまつわるあらゆる「歴史」（＝過去）は、たとえばキャプションのようなかたちで語られなくてはならない。ソンタグが『写真論』で述べていた煽情的なポルノ写真と人道的な報道写真の関係は、あるいは、そんなふうに考えてみることができるのかもしれない（本書の第6章における、三島由紀夫をめぐる議論も参照されたい）。

誰かを愛する、とはどういうことか

では、こうした理屈を、あらためて「誰かを愛する」という現象（あるいは行為）に応用してみよう。すると「愛」というものには、「誰かをエロティックに欲望する」ことと「誰かを良心にしたがって求めること」というふたとおりの作業が同時に存在していることに気づくだろう。

そう、「私は何人かの男性を愛し、何人かの女性を愛した」とソンタグが語ったのだとしたならば、それはつまり、「私は何人かの男性／女性を性的に欲望すると同時に良心にしたがって求めもした」ということになる。

さらに換言すると、「私は何人かの男性／女性を、その瞬間瞬間の性的欲望によって求めてきたし、そのことを今、あくまでも過去のこととして思い出している。同時に、私は彼ら／彼女らのことを、みずからの道徳的感覚にしたがって想い求めてきたし、そのことを今、善いこととして歴史的に思い出している」ということになるだろう。

ただし、あくまでもそのようなソンタグの主張にしたがうならば、この「瞬間瞬間の性的欲望」というものは、過去の経験とは関連を持たない。だから、たとえそれを「今」という時制で思い出し、そうした欲望が確かにあったという「過去」を告白したとしても、それがその瞬間のソンタグの欲望を説明しているとは言えない。

欲望はそれぞれの事例において、前景化されたもの、直接的なものとして経験される。[*9]

こうしたソンタグの言葉を愚直に受け取るならば、「これまでのソンタグの性的欲望」がなんであれ、それをもとに「これからのソンタグの性的欲望」を決定することは誰にもできない。そして、「過去」のセクシュアリティがそのまま「未来」に持ち越されるとは、たとえ当事者であっても予見はできないのである。

故人のセクシュアリティを語ろうとする試みは、ともすれば、今を生きる個人のセクシュアリティを語ること以上に難しい。なぜならば、たとえ死という圧倒的な未来に立ち続ける他者に向き合おうとしたところで、彼らの欲望を歴史化せずに受け止める方法など、死んだことのない私たちには皆目見当がつかないからだ。

第11章　ソンタグの誕生

『仮面の告白』と「訪中計画」

「永いあいだ、私は自分が生れたときの光景を見たことがあると言い張っていた」とは、小説『仮面の告白』の有名な書き出しである。[*1] 自身にとって初の書き下ろしとなるこの長編小説について、三島由紀夫は後年、次のように振り返っている。

どんな人間にもおのおののドラマがあり、人に言えぬ秘密があり、それぞれの特殊事情がある、と大人は考えるが、青年は自分の特殊事情を世界における唯一例のように考える。

ふつう、こういう考えは詩を書くのにはふさわしいが、小説を書くのには適しない。

「仮面の告白」は、それを強引に、小説という形でやろうとしたのである。[*2]

若き日の三島が「強引」に小説化したという『仮面の告白』。この物語が、いったいどの程度までソンタグの創作に影響を与えたかは分からない。だが、一九七三年に執筆された短編小説「訪中計画」とは、「自分の特殊事情を世界における唯一例のように考え」がちな少女時代のソンタグと、そうした考えをもはや信じてはいない「大人」のソンタグとが奇妙な融合を果たす一人称小説であり、しかもその語り手は、みずからが知る由もない自身の出生の瞬間とそれ以前の世界について、異常なまでの関心を抱いているのであった。

——私は中国で受胎され、けれどもニューヨークで出産され、(アメリカの)別の場所で育てられた、という可能性について調べること。

——(母親の)Mに手紙をかくこと。

——電話にするか?[*3]

ここに引用された「訪中計画」の、その語り手である「私」は、近い将来に予定されている中国訪問に先駆けて、自身にとっての中国とはなんであったかを物語にしようと決意する。そして思い出されるのは、彼の地はかつて両親がビジネスのために訪れていた土地であった、ということであり、その記憶は同時に、あるいはそこが自分の受胎の地であったかもしれないという可能性を「私」に与えるのだった。

空想される自身の受胎の地を再訪するため、「私」はまず、とあるアメリカ小説のイメージを使って、若き日の両親を想像することにする。

> 当時、中国にいた人たちは何をしていたのか？　私の父母は、イギリス租界の内側でグレート・ギャツビーとデイジーごっこに興じ、毛沢東は、内地を何千マイルも行軍して、行軍して、行軍して、行軍して、行軍して、行軍していた。都市部では、何万人もの痩せた苦力（クーリー）たちが、アヘンを吸い、人力車を引き、歩道で小便をし、外国人たちにこき使われ、そしてハエにたかられていた。[*4]

引用にある「ギャツビーとデイジー」とは、F・スコット・フィッツジェラルドが一九二五年に発表した小説『グレート・ギャツビー』の主人公たちの名だ。ただし、ここで私たちが思い出すべきは、アメリカは東海岸で起こったギャツビーとデイジーの悲恋が、ニック・キャラウェイという人物によって回想されていたということだろう。つまり、「訪中計画」という作品において、語り手はニック的なソンタグ（あるいは、ソンタグ的なニック）であり、興味深いことに、この人物はみずからの「東洋（イースト）行き」を、ニックの「東部（イースト）行き」になぞらえているのである。

ギャツビーを語るニックの「反批評」

成金男であるギャツビーが、今は人妻の元恋人デイジーを取り戻そうとするこの物語で、その語り手となるニック（ギャツビーの隣人であり、デイジーのまたいとこ）は、小説の冒頭、これまでいかに自分が批判／批評（クリティサイズ）することから距離をとる人間であったかを、父親のアドバイスを紹介するかたちで表明する。

小説『グレート・ギャツビー』の冒頭部分を引用しよう。

> 僕が今よりも若く、今よりもずっと傷つきやすい（ヴァルネラブルな）人間だった頃、父は僕に、それから後も私がずっと考え続けることとなる、一つのアドバイスをしてくれたのだった。

「誰かを批判したいと感じるときは」と彼は僕に言った。「世界中の人がお前のようにアドバンテージを持っているわけではないことを思い出すんだぞ」[*5]

さながら「キャンプ」を愛好する人々のように、ジャッジメントということを極力避けるように生きてきたというヴァルネラブルなニックは、そのお陰でいろいろな人間から打ち明け話をされ、挙げ句、困り果てるような事態にもしばしば巻き込まれてきたのだという。

『グレート・ギャツビー』の本編は、このように「反批評」の人であるニックが「心底軽蔑するものすべてを象徴する」ギャツビーという男に出会うことで幕を開け、そして、ギャツビーの死によってその幕を下ろす。その後、ニックはギャツビーらと過ごしたアメリカ東部を離れ、故郷の中西部に戻ってくるのだが、そのときのうんざりした気持ちを次のように回想している。

このあいだの秋に、東部から戻ってきた僕は、世界が軍服に身を包み、モラルの上での「気をつけ」の姿勢をとり続けてくれないものかと思ったものだ。人の心が覗き込めるといった特権のもと、傍若無人に上がり込むような真似は、もうごめんだったのだ。[*6]

ここでのニックは、みずからのヴァルネラビリティを上回るような脆弱さを、（ギャツビーを介して知りえたアメリカ東部の）現実社会に感じ取っているのだが、その発言は、いっそ世界そのものが軍隊の規律下におかれてしまうくらい厳格になればよいのにといった具合に、いささか自暴自棄なものとなっている。

一方のソンタグは、そんなニックの「東部」体験と、中国というみずからの「東洋」体験を重ね合わせて、これらはどちらも「イースト」なのだからと読者を煙に巻きつつ、ニックの言葉を小説「訪中計画」に引きずり込むのだった。

ソンタグは書く。

「このあいだの秋に、東部から戻ってきた僕は、世界が……」（という『グレート・ギャツビー』からの引用について）。もちろん、世界はモラルの上での「気をつけ」の姿勢をとり続けている。哀れな、傷めつけられた世界。[*7]

かくして、人を批評しないというニックの視点を借用しつつ、若き日の両親を思うソンタグは、アメリカと中国を「自国／異国」といった対立構造から解き放つ。その上で、今も昔も、いつでも戦争とともにあるこの「哀れな、傷めつけられた世界」にあって、はたして自分の「生」というものはどのように語られるべきなのかと、批評ではなく小説を書くソンタグは、未来の「訪中」に思いを馳せながら問い続けるのだった。

過去の中に予見された未来

あらためて確認するならば、「訪中計画」という物語内の「私」にしても、それを書くソンタグにとっても、中国は、未知の国でありながら既知の土地でもあるという、両義的な場所であった。

未知であるというのは、彼女にとって中国が未踏の地であったという意味で、これは当時の世界情勢を考えれば、決して不思議なことではない。というのも、小説発表の前年にあたる一九七二年は、リチャード・ニクソンがアメリカ大統領として初めて中華人民共和国を訪れた年であり、米中の国交が正常化するのは、それから七年後の七九年を待たねばならなかったからである。
一方、中国が既知の土地であったというのは、先ほどの短編からの引用にもあったように、確かにそこが、ソンタグの「出生」と密(ひそ)かなつながりを持った場所であるからであった。

「訪中計画」の続きを読んでみよう。

私の父母だけでなく、リチャード・ニクソンと妻のパットもまた、私より先に中国を訪れた。マルコ・ポーロ、マテオ・リッチ、リュミエール兄弟(あるいは、兄弟のどちらか)、テイヤール・ド・シャルダン、パール・バック、ポール・クローデル、ノーマン・ベチューンもまたそうであったことは、言うまでもない。ヘンリー・ルースは彼の地で生まれた。誰もが、帰還することを夢見ている。
——Mが、三年前にカリフォルニアからハワイへ引っ越したのは、中国に近づくためだったのか?[*8]

近々にその訪問が予定されている中国という場所をめぐり、過去へ過去へと進んでいくソンタグの語り。私たちはここに、あらためて、あのソンタグのベンヤミン論との共鳴を見て取ることができる。論考「土星の徴しの下に」より、該当する箇所を引用しておこう。

ベンヤミンは、みずからの過去の中から選択的に思い出したものごとすべてを、未来の予言とみなした。それというのも、記憶の働きは（これを彼は、自分自身を後ろ向きに読むと呼んだ）、時間を破壊するからである。[*9]

未来を予言するために、過去を選択的に思い出すこと。

こうしたベンヤミン流の「記憶の働き」を、ソンタグは「訪中計画」の語りに応用する。そうやって、やがて実施される「訪中」すらも、みずからの小説の反時間的なノスタルジーに取り込んでしまおうと奮闘してみせたのである。

自殺した「もう一人のスーザン」

二〇一七年、ファラー・ストラウス＆ジルー社は、『わたしエトセトラ』の増補版とも呼ぶべき新たなソンタグの短編集『デブリーフィング』（未訳）を刊行した。

同書には、「訪中計画」を始めとする『わたしエトセトラ』所収の作品群に、一九八〇年代に書かれた三編が追加されているのだが、編者のベンジャミン・テイラーによれば、これらソンタグの非批評的文章は、批評家としてのソンタグが口にしなかった事柄をめぐる「事情報告（デブリーフィング）」でもあるのだった。

スーザン・ソンタグは、もっぱらショートストーリーを書いていたわけではなく、その形式でなければ満足に書きあらわせないという、確たる表現上の必要に迫られたときのみそれを書くというタイプの作家だった。本書に収録された一一編において、ソンタグは知というものに対する熾烈（しれつ）な戦いを繰り広げつつ、それぞれの最後には、戦いで受けたダメージについての事情報告（デブリーフィング）を付している。そうした告白は、ソンタグにとって簡単なことではなかった。収録作を読めば——とりわけ私的な作品を読めば、その理由は分かる。[*10]

新しく編まれた短編集の、その表題作に選ばれた「事情報告」という作品は、スーザン・タウベスという、ソンタグの友人の自死を題材としたものである。このもう一人のスト・ザンは、一九六九年春、デビュー作となる長編小説『離婚すること』を刊行した直後に、ハドソン川に身を投げて死んだ。

伝記『スーザン・ソンタグ――とあるアイコンのメイキング』（二〇一六年、未訳）の著者たちは書いている――「彼女の自殺というショックから立ち直ることは、ソンタグにはとうていできそうもなかった。それは、ソンタグの生への渇望と同じくらいの意志による死であったのだ」と。[*11]

それでも、ソンタグは立ち直った（かのように見える）。ただし、そのためには批評よりも小説が必要とされ、登場人物たちは、現実の彼女たちよりももっとシンプルに、互いのヴァルネラビリティをさらけ出す（あるいは隠し合う）存在として書かれなければならなかった。

短編小説「事情報告」において、語り手である「私」は、タウベスをモデルとしたジュリアを懸命に守ろうとする。先述した伝記では、そんなジュリアと「私」の関係が、なかば図式的に、現実のタウベスとソンタグの関係に重ね合わされ説明されている。

仮にソンタグが自殺願望を抱いたことがあったとしても、タウベスの死を思えば、そ

のようにしてみずからを亡きものにするという行為が、いかにおぞましいことであるかに気づいたことだろう。〔……〕

二人のスーザンを結びつけ、「事情報告」のなかの「私」とジュリアを結びつけているのは、「知性のペシミズム」である。しかし、物語の「私」は、ソンタグ同様に自己保存能力を信じていて、つまりは「意志のオプティミズム」を信じていたのだ。[*12]

四〇代に入ったばかりの若さで自殺したタウベスは、ソンタグの生きる意志を減退させるどころか、むしろ反面教師としての役割を担ったはずだ――。

そうした伝記作家たちの解釈は、同短編小説の結びにこそ、その根拠を見出す。というのも、「私」は最後に、みずからをギリシア神話のシーシュポスになぞらえ、山頂に押し上げた岩もろとも転がり落ちようとも何度でもその試練に立ち向かう、と誰にともなく宣言してみせるからだ。

ペシミスティックな知識人によるオプティミスティックな意志の発動。

確かに、そうした解釈は一定の説得力を持つ。

だが、ここで慌てて思い出すべきことは、「知性のペシミズム」と「意志のオプティミズム」といった表現の出どころであろう。なぜなら、これらはいずれもソンタグの小説の語り手が口にした、なかば自虐的な言葉の数々に他ならなかったからだ。

実際に、短編小説「事情報告」の一節を精読してみよう。

ジュリアと出会った多くの人は、彼女のヴァルネラビリティに強いショックを受け、彼女を救おうと試みる。彼女の美貌も手助けをするが、それは彼女が唯一、他人に差し出すことのできる贈り物だからである。問題の女魔術師マーサ・ウートンは白人で、ウェストチェスター生まれのきびきびした超一流テニスプレーヤーだった——見た目はむしろ体育教師だったが。ジュリアのためにはなるかもね、などと私が甘く考えていたところ、彼女の身体から悪魔を追い出すためのプログラムの一環だと称し、マーサはジュリアを四(よ)つん這(ば)いにさせ、満月に向かって吠(ほ)えさせた。そこで私は、ジュリアの殺風景な人生に乗り込んでいき、かつての私がやっていた悪魔祓いに対抗する儀式(カウンター・エクソシズム)を執り行ったのだった——理性！　自己保存力！　知性の悲観論(ペシミズム)と意志の楽観論(オプティミズム)！

「……」[*13]。

いかがだろうか。

ここには、ジュリアをたぶらかす女魔術師マーサ・ウートンと、ジュリアの洗脳を解こうとする「私」の熾烈な戦いが描かれている。ただし、対立する二人はともに「彼女のヴァルネラビリティに強いショックを受け、彼女を救おうと試み」ている（少なくとも、他人に訊かれたならそう強弁する）のであって、理性を主張する「私」の方が正しいかどうかは、にわかには判別がつかない。なにより、当のジュリアは結果的に自死を選んでしまったのだから。

実際、このようなみずからの「対抗的（あるいは反）悪魔祓い」の顚末として、ソンタグは以下のように話を続ける。

――そしてマーサ・ウートンは退散し、というよりも、西の魔女の一人に姿を変えて、〔カリフォルニアの〕ビッグ・サーにて、呼吸法と生体エネルギー理論を実践する唯一のルシファー・カルトの教祖レディ・ラムダとなった。

ジュリアにかけられた魔法を解いたことは、正解だったろうか？[*14]

理性、自己保存力、そして知性の悲観論と意志の楽観論は、いわば「私」自身にとっての護符であった。だが、その効力は、カルト宗教のような他者には及ばないどころか、肝心のジュリアに対しても、どうやらおぼつかないところがあるらしい。

結局、「私」のジュリアに対する「反悪魔祓い」は、他ならぬ「私」自身へのアドバイスとなるのだった。

> 私は熱心に勧め、私はいらぬ口出しをする。私はがまんができない。いい加減にして(フォー・ゴッド・セイク)、生きることはそこまで辛(つら)いことではないんだから。私からのアドバイスの一つは、未来の苦痛にさいなまれないで、であった。
>
> そして他人が私のアドバイスを聞こうと聞くまいと、少なくとも私は、そうした言葉からなにがしかを学んだ。私は自分に、まずまずのアドバイスを与えたのである。*15
>
> （強調原文）

このどうしようもなく頑(かたく)なで、どこまでも「カッコ悪い」語りのなかにも、実はソンタグの生涯とその仕事のすべてを救済しうるような「アドバイス」は潜んでいる。そう、それは語り手が彼女自身に与えたという「まずまずのアドバイス」――すなわち、「未来の苦痛にさいなまれないで」という、ソンタグの祈りにも似た一言である。

未来の苦痛は誰のもの?

未来の苦痛にさいなまれないで――。

ソンタグの生涯とその仕事について語ろうとするとき、この言葉ほど示唆的なものは、あるいは他にないのかもしれない。

ソンタグの最後の批評書が『他者の苦痛へのまなざし』であったように、苦痛とは、ソンタグの言論活動の重要なテーマだった。しかも、それは生きとし生けるものがそれぞれに抱える、あのヴァルネラビリティなるものを想起させつつも、それとは異なる、きわめて個人的な体験である。

たとえば、「苦痛について言えば、私はずっと創意工夫を凝らしてきている」と告白する「訪中計画」の語り手は、ここにいない母親を思い出し、「あなたは、あなた自身の苦痛を吸い込んでいる」とひとりごちた。[*16]

あるいはまた、三島由紀夫の死の美学を思うソンタグは、他者の苦痛を我がこととして追体験する彼の「人をとりこにする熱烈な態度表明」を、評価こそすれ肯定はしなかった。

そして、みずから病に苦しみ、戦地での惨状を目の当たりにしたソンタグであったが、病や戦争がもたらす癒やし難い苦痛に対しても、彼女の態度は変わらなかった。本書ではそれを、ソンタグの反隠喩的態度と捉えたのだが、そうした反文学的とも言える態度が許されるのは、彼女の場合、いずれも誰かの苦痛が問題とされている場合であった。

かように「苦痛」は、ソンタグの言葉の裏側に（あるいは表側に）貼り付き続け、彼女を悩ませ続けてきた。そもそも、他者の苦痛を前にシャッターを切ることを、ソンタグはヴァルネラビリティへの関与として捉えてみせたのだが、そのような批評的想像力ですらも、現像された写真が呼び寄せる表層的な解釈によって、あっけなく裏切られる可能性だってあるのだ。

……結局、他者の苦痛は私たちをさいなみ、批評の言葉は、せいぜいが「対抗的な悪魔祓い」となるしかないのだろうか？

そうした絶望を前に、けれどもソンタグは、最後まで希望を捨てなかった。

他者の苦痛について、みずからの苦痛について、いつでもどこでも創意工夫を凝らしてきたソンタグは、「未来の苦痛にさいなまれないで」と、ヴァルネラブルな小さな子どもたる自分を必死に鼓舞し続けた。そして、あの「カッコいい」文章を、論考を、著作を、そして人生を、未来の読者たる私たちに送り届けてくれたのである。

終章　脆さへの思想

批評家としての覚悟

ソンタグは、カッコいい。だから、叩かれてきた——。

そんな身もふたもない地点から書き起こされた本書の議論は、ヴァルネラビリティという、人間の内なる脆さに焦点を合わせながら、なぜソンタグという知性が、かつても今も私たちを挑発し続けるのか、その理由を、彼女の著作や発言のみならず、生身の彼女をとりまいてきたスキャンダルやゴシップを読み解くことで明らかにしてきた。

同時に、そうした議論がまた新たなソンタグ・バッシングを生み出さぬよう、生身のソンタグが引き受けてきたであろう苦痛については、それこそパパラッチが好むような過剰な介入——大量のフラッシュと鳴り止まないシャッター音——を、できるかぎり自制してきたつもりである。

それゆえ、きっと本書に描き出されたもう一つのスーザン・ソンタグ像は、一般に流布している彼女の自信に満ちた立ち姿とは、いささか異なったものに仕上がったかもしれない。だが、そんなオルタナティヴなソンタグ像をあらためて眺めて思うのは、それがやっぱり「カッコいい」と思えて仕方がないということだ。

ソンタグがデビューした一九六〇年代当時、アメリカの若者にとっての「カッコいい」は、ポップ、ロック、フォーク、ドラッグといった「ヒップ」なものであった。だが、そうしたものを存分に享受しながらも、ソンタグがことさらに注目してみせたのは、ヒップの影に隠れながらも都会の一部に広がりつつあった、「カッコ悪い」ものこそ「カッコいい」という「キャンプ」なる感性の方だった。

かくして、若き日のソンタグが書き上げた論考「《キャンプ》についてのノート」は、現在のクィア文化を理解する上でも必須の参考文献となったのだが、一方で、この「ノート」をしたためたソンタグ自身のことまでも「キャンプ」な存在であったとみなすのは誤りであろう。

というのも、「既存の解釈にあらがう」ことを是としたソンタグの「反解釈」な議論は、

「本来ならば語りえぬはずのキャンプについて語ることは、キャンプそのものを擁護するふりをしつつもそれを裏切ることだ」といった、それこそ批評家生命を賭すかのような覚悟の上になされたものであったからである。

反知性主義的な知性の闘い

簡潔に言ってしまうならば、こうしたソンタグの「あらがい」というのは、結局のところ、本質を見抜くふりをしながら相手を煙に巻く「解釈」や、ファインダー越しの今を愛(め)でるふりをしながらも、シャッターを切ることでそれを過去のものとしてしまう「写真」や、はたまた、難病の原因を探るふりをしながら患者みずからの精神的堕落を責めてしまう「隠喩」といったものへの抵抗であった。

反解釈、反写真、反隠喩。

これらの「反」が対峙(たいじ)するものを、ソンタグ自身は「汚染」と呼んだ。[*1] ただし、私たちもよく知っているように、現実の環境汚染であっても、単純にテクノロジーを拒否して、そして自然回帰をすればよい、といったものではない。同じように、解釈や写真や隠喩といったものに抵抗しようとする際にも、解釈することそのものを放棄してしまったり、写真というテクノロジーを頭から否定してしまったり、さらには、隠喩といったものをある種のウソとして拒絶してしまったりすれば、それは単なる「思考停止」であって、知的生活はいよいよ「汚染」されてしまうことになるだろう。

そう、ソンタグの「あらがい」を考える上で問題となるのは、いわゆる「知性」そのものへの抵抗が、そこに含まれるのか否かということだ。

たとえば、二〇一七年にアメリカ合衆国大統領となったドナルド・トランプの言動に絡めて、世界のメディアは一斉に「反知性主義」という概念を否定的に紹介した。しかし、「知性を拒絶すること」と「反知性的であること」とは、実はずいぶんと異なっている。

アメリカにおける「反知性主義」の歴史を最初期に論じたのは、歴史学者リチャード・ホフスタッターによる『アメリカの反知性主義』(一九六三年)であったが、神学者の森本あんりは、同書における議論を検討した上で、「知性が知らぬ間に越権行為を働いていないか。自分の権威を不当に拡大使用していないか。そのことを敏感にチェックしようとするのが反知性主義」だと指摘している。[*2]

確かに、解釈や写真や隠喩は、きわめて知的な人間の営みであり、これに反対することは、ふつうであれば「知性の拒絶」に他ならないと思われるのだが、ソンタグの「あらがい」は、まさしく「知性の越権行為をチェックする」かのような、反知性主義的な知性の闘いであったと言えるのである。

　アメリカ文学者の巽孝之もまた、そうしたソンタグのトリックスター的な役割に注目しながら、「知性の暴力を徹底的に戒め、見たところ反知性主義とも連動するかのような、にもかかわらずじっさいのところは対抗文化をも咀嚼しつつもうひとつの新たな知的文化を構築してしまうようなパラドックス」というものを肯定的に捉え、『反解釈』に見られるソンタグの知的戦略を評価している。[*3]

テクノロジーの恩恵にあらがう

　かくして、一九六〇年代から二一世紀の初頭まで、ソンタグの知性は、反知性主義との高度な緊張関係のなかで育まれ、そして成熟していった。

　ただし、生身の人間としてのソンタグは、きっと、この世の清濁をあわせ呑むといった境地には、あえて辿り着こうとはしなかったのだろう。そうではなく生きとし生けるものが抱える内面の脆さと、肉体的な痛みの、その両方に共感をし続けようとしたソンタグにとって、この世の「濁」なるものを呑み下さんとする折の嘔吐きこそが、「物書き」としての最大のモチベーションとなっていたのである。

自己矛盾を前提としたアフォリズムを書き連ねることで他者を救おうとするソンタグのあらがい。そんな、ドン・キホーテ的ともいえるふるまいは、けれども、自己肯定を前提としたシンプルなスローガンをふりかざして他者を排除することをよしとするような、今どきの風潮にはそぐわないのかもしれない。

たとえば、ソンタグはみずからのアフォリズムと同じくらいに、他人のテクストからの引用に心血を注いだが（『写真論』では、最終章がまるまる引用のアンソロジーとなっている）、それはあくまでも自他の境界の揺らぎを生み出すための批評的戦略であり、昨今の「切り取り報道」に見られる著名人の発言の意図を極端に狭めるような引用とも、他人の言葉や記事をみずからの文脈に落とし込みゆがめてしまう再投稿や「リポスト」ともまったく異なるものであった。

あるいは、「バズる」ということを第一に考えて、妄信と糾弾を節操なく繰り返すようなSNS時代の知識人と比べても、自己肯定と自己否定を同じテクストで実践しつつ、批評対象をどこまでも多面的に論じようとするソンタグの語り口は、あの9・11をめぐる小文でも明らかなように、表面的な「バズり」が終わって沈静化した後にこそ、その意義深さを明らかにする。

　現場を訪れることの大切さを唱えながらも、現場から離れなければ書けない批評があることも深く理解していたソンタグにとって、みずからの言葉と他人の言葉が同じテクストの中でぶつかり合うこと——すなわち、主観と客観が衝突し、オリジナルとコピーとが折り重なっていくような言論空間を、たった一つの書物の中で生み出すことは、物書きとしてのソンタグにとって、なによりも重要なことだった。先に示したネット社会特有のネガティブな事例は、いずれも解釈や写真や隠喩といったものが瞬時にコピーでき、そして転送できるようになったテクノロジーの恩恵によるものであるのだが、ソンタグの「あらがい」とは、そうした複製技術時代全般に対する抵抗運動でもあったのかもしれない。

　きっと、あらゆる複製技術の本質とは、私たちの身体をその「いのち」から分離させ、なにがしかのデータへと変換し、そして拡散させていくことにあるのだろう。それゆえに、その進歩は、私たちの「苦痛」というものを本当の意味で癒やしてくれることはない。

　そして、ソンタグという書き手が、文字どおりに命をかけて取り組んできたのは、そうした「進歩」という名の暴力に対する、人間の知性を用いた「あらがい」であった。

ヴァルネラブルであること

本書で何度となく確認してきたように、ソンタグにとっては、文学も映画も演劇も写真も、およそあらゆる表現行為は、その対象物が隠し持つヴァルネラビリティを顕在化させてしまうものとして説明される。もちろん、その顕在化のプロセスには技巧的なものもあれば、ハプニングのように無自覚なものもあり、同時にまた、その顕在化を隠蔽するプロパガンダのような表現形態もある。

だが、いずれにせよ、誰かのヴァルネラビリティが人目にさらされようとしている現場には、文字どおりの「暴力」が介在しているとソンタグは考える。そしてその暴力は、たとえば衰弱したソンタグを写真に収めようとするパートナーの、悪意なき意志によっても発揮されてしまうものであった。だからこそ、いくら「あらがい」を実践しようとも、ソンタグは、表現行為に伴う暴力を、その根本から否定したり、検閲したりということはしなかった。

「人間の脆さとは何か」であるとか、「それを暴き立てる暴力の本質とは何か」といった問題設定も、ソンタグにとっては魅力的なものではあったのかもしれない。だが、そうした真理の探究めいた議論よりも、ソンタグはむしろ、「死すべき運命にあるもの同士は、芸術のような表現活動を通じて、いかにして互いの存在にアプローチしているのか」といった、不可逆的な時の流れに身をさらしている者たちの関係性を明らかにする議論を好んだ。

つまり、たとえば写真を撮る者と撮られる者がいたとして、そこには確かに非対称な関係があるのだろう。しかし、その関係性をただ問題視すればよいかといえば、そうではないはずだ、というのがソンタグの立場なのである。もちろん、一度ならず、二度三度とその関係性を転倒させてみることは大事だろう。だが、そうやって「関係性」というものそれ自体をためつすがめつ眺めてみたならば、私たちはきっと、そのどちらが本当に強いのか、分からなくなるはずなのだ。

本文中で何度となく引用した、「写真を撮ることは、他の誰かが抱える（あるいは他の事物が抱える）死すべき運命、ヴァルネラビリティ、移ろいやすさといったものに関与することである」というソンタグの言葉は、まさしくこのことを語っている。結局のところ、苦痛にもだえる他者にレンズを向け、シャッターを切る私たちは、そのファインダー越しに、みずからの死すべき運命を目撃している。誰かの苦痛は、たとえ間接的にであれ「私」によってもたらされたものであり、同時に、「私」もまた、そうした苦痛をもたらす誰かの意志や行為から無縁ではいられない。そうした現実を、ソンタグは、（たとえその瞬間には見えなくとも）力が加わればたちまちにあらわになる傷をうちに抱えたものといった意味で、「ヴァルネラブル」であると表現したのである。

スーザン・ソンタグの「脆さ」にあらがう思想。

間違ってもそれは、脆さの本質を追究し、あわよくばそれを克服しようとする思想ではない。そうではなく、すべての存在が抱える脆さというものへのアプローチの方法を考えてみることを、ソンタグは言葉を尽くして実践してきたのである。

盾としての批評

テクノロジーのような非人間的な存在を想定した「暴力へのあらがい」とセットになったソンタグの「脆さへのあらがい」。それは、ヒップな文化がまとった攻撃性と、キャンプな文化がまとった諧謔（かいぎゃく）性の、その両方の「カッコよさ」をたっぷりと吸収しながら熟成していった。『反解釈』から『写真論』、そして『隠喩としての病い』から『他者の苦痛へのまなざし』に至るまで、目の覚めるような挑発に驚きつつも、そのあとに広がる沈黙の深さに身を沈めてみるといった読書体験は、解釈と写真と隠喩の力がはるかに強大かつ表層的になったネット社会において、興奮よりもやすらぎに近い感覚を私たちにもたらしてくれる。

それというのも、「攻撃は最大の防御」とばかりに世界を挑発してきたソンタグの思想は、結果として、テクノロジーという、どんなものでも貫き打ち砕くことのできる「矛」に抵抗するための、かけがえのない「盾」となっているからだろう。そして、「盾」としてのソンタグの書物から発せられる言葉は、どこまでもヴァルネラブルな私たちの身体に寄り添い、囁(ささや)くのだ――「未来の苦痛にさいなまれないで」と。

かくして、ついにソンタグを「発見」したあなたは知るだろう。私は強い（だからあなたは私を攻撃できない）とすごんでみせたり、私は弱い（だからやっぱり、あなたは私を攻撃できない）と被害者になってみせたりする前に、まずはこの汚染された世界のヴァルネラビリティそのものに、批評的言語という盾(シールド)を携えて参加してみることから、新世代のあらがいは始められるべきなのだということを。

そして、誰かとの議論に疲れたら、ぜひ本書で紹介した、ソンタグの「カッコいい」言葉たちを思い出してほしい。その「知性」はいつでもあなたを挑発し、勇気づけ、そしてあなた自身の「知性」の回復に、きっと大きな力を貸してくれるはずなのだから。

おわりに

ソンタグの生涯が、映画になるらしい。

そんな情報が駆け巡ったのは、ちょうど本書を執筆している最中のことだった。

主演は、映画『スペンサー　ダイアナの決意』（二〇二一年）にてダイアナ元皇太子妃を演じたクリステン・スチュワート。原作は、本文中でもたびたび引用したベンジャミン・モーザーによる評伝『ソンタグ』。すでに伝記映画というジャンルでの実力を世界に知らしめた俳優が、やはりその取材力を高く評価されているピュリッツァー賞受賞作を原作にソンタグを熱演するとあって、その出来栄えと反響が、今からとても楽しみな一本である。

ところで、本書が書かれた二〇二三年は、スーザン・ソンタグの生誕九〇周年にあたる年だったのだが、同時に、作家の大江健三郎が他界した年にもなってしまった。

ソンタグの二歳年下にあたる大江は、『万延元年のフットボール』や『洪水はわが魂に及び』といった大きな仕事を一九六〇年代から七〇年代にかけてなしたが、それはソンタグも同じだった。アメリカ文学研究者としての私は、大江からさらに二歳年下のトマス・ピンチョンという作家を専門としているのだが（代表作は、やはり六〇年代と七〇年代に刊行された『競売ナンバー49の叫び』と『重力の虹』）、ソンタグと大江とピンチョンに共通する魅力について、それは激動の六〇年代を、もはや本当には若くない世代として過ごしたことに由来するものではないかと、常日頃考えている。

なにしろ、あれほどまでに「若さ」が重視され、そして実際に学生たちが「主役」となってしまった六〇年代において、二〇代中頃から三〇代の（すでに若くない）先鋭的な書き手を務めるというのは、生半可な覚悟ではできなかったはずだ。すでに学生生活を終え、権力と反権力のはざまに立たざるをえなかった当時の彼らは、誰よりもラディカルな政治的態度を標榜（ひょうぼう）しつつも、最終的には政治化することのできない他者への共感に身を捧（ささ）げ、上の世代を突き上げながらも、同時に下の世代を挑発し続けるといった、他の世代にはなかなか見られない文学的闘いを実践してきた書き手たちなのである。

そんなソンタグたちの独特な立ち位置が、はたしてどれくらい正確に再現されているのか。そういったこともまた、冒頭に紹介した（未来の）伝記映画の見どころとなるだろう。

時代の記憶というものは、遠のけば遠のくほど、ぎゅっと圧縮されていく。

ともすれば、たった一言の名ゼリフと生没年で説明が終えられてしまう偉人たちについても、だから、私たちは意識的に思い出さなければならないのだ。あの日・あのとき・あの場所で綴られた言葉には、あの日・あのとき・あの場所でしか放てなかった煌めきのようなものが確かにあった、ということを。

今回、スーザン・ソンタグの思想を考えるにあたり、あえてソンタグの「生身」に寄り添い続けてみたのは、そうした煌めきを求めてのことであった。そしてそれは、映画や評伝や翻訳を通じてソンタグを語り直そうとする、多くの心ある人々との、時代を超えた共同作業であったとも言えよう。

最後に、お世話になった方々に謝辞を捧げたい。

『ラディカルな意志のスタイルズ』の共訳者であり、批評や詩でコヨーテのような知性のあり方を実践されている管啓次郎先生と、『反写真論』の著者であり、写真とは何でないかを思考し続けている倉石信乃先生からは、今回も多くのヒントと励ましの言葉をいただいた。また、ともすれば非難の応酬となりがちな文学批評の現場にあって、他者への慈しみを決して忘れることのない山本洋平先生との対話からは、本書をまとめあげるために不可欠な姿勢を教わった。同僚でもある先生方には、ここに記して感謝申し上げる。

学生の頃より、知性と反知性が絶妙に交錯する文学への向き合い方を指南してくださった巽孝之先生と、ソンタグのような知性に反応しつつ、みずからの手で批評を書くことのおもしろさを教えてくださった折島(おりしま)正司先生にも、あらためて御礼申し上げたい。

そして、本書の担当編集者である小山田悠哉さんとは、「新書とは何か」という根源的な問いから出発して、「なぜ今、ソンタグなのか」という地点に至るまで、とことん話し合うことができた。ここに感謝の意を表したい。

最後に、言葉を発信することの難しさと楽しさを、いつも一緒に考えてきた家族とは、その歩みをここにまた一つ進められたことをともに喜びつつ、明日からの新たな挑戦に向けて力を合わせていければと思う。

波戸岡景太

二〇二三年夏

註

・Kindleなど、電子書籍については頁番号等を省略し、既出の書誌情報についても一部を省略している。

第1章

＊1　Susan Sontag, "Project for a Trip to China," *Debriefing: Collected Stories* (Farrar, Straus and Giroux, 2017), Kindle.〔引用者訳。本書は未訳だが、引用部分の既訳として、スーザン・ソンタグ「訪中計画」『わたしエトセトラ』（行方昭夫訳、新潮社、一九八一年）を参照した〕。〈ローリング・ストーン〉誌のインタビューでは、インタビュアーがこの表現に言及し、ソンタグの幼少期について質問を行っている。

＊2　Susan Sontag, "The Conscience of Words," *At the Same Time* (Penguin, 2013), Kindle.〔引用者訳。ソンタグ「言葉たちの良心——エルサレム賞スピーチ」『同じ時のなかで』（木幡和枝訳、NTT出版、二〇〇九年）を参照した〕

＊3　Susan Sontag, "Literature Is Freedom," *At the Same Time*.〔引用者訳。ソンタグ「文学は自由そのものである——平和賞［ドイツ書籍出版販売協会賞］受賞記念講演」『同じ時のなかで』を参照した〕

＊4　Susan Sontag, et al., "Tuesday, and After." *The New Yorker*. Sept. 24, 2001. https://www.newyorker.com/magazine/2001/09/24/tuesday-and-after-talk-of-the-town.〔引用者訳。ソンタグ「2日後　於ベルリン」『この時代に想う　テロへの眼差し』（木幡和枝訳、NTT出版、二〇〇二年）を参照

した〕

第2章

＊1 Sontag, "The Conscience of Words."

＊2 John Leland, *Hip: The History* (HarperCollins e-books, 2009), Kindle.〔引用者訳。ジョン・リーランド『ヒップ――アメリカにおけるかっこよさの系譜学』（篠儀直子、松井領明訳、P-Vine Books、二〇一〇年）を参照した〕

＊3 平野啓一郎『「カッコいい」とは何か』講談社現代新書、二〇一九年。

＊4 同右、二五二－二五三頁。

＊5 同右。三島由紀夫の言葉は、平野による引用。

＊6 Merriam-Webster における "camp (noun 〈2〉)" の定義より。

＊7 Leland, *Hip: The History*.

＊8 Susan Sontag, "Notes on 'Camp'," *Against Interpretation and Other Essays* (Penguin, 2013), Kindle.〔引用者訳。ソンタグ「《キャンプ》についてのノート」『反解釈』（高橋康也他訳、ちくま学芸文庫、一九九六年）を参照した〕

＊9 Ibid. ただし、これはソンタグの論考全体を筆者が要約し、リスト化したものであり、ソンタグ自身が論考内で提示しているリストとは異なるものである。

＊10 Ibid.

*11　北村紗衣『お砂糖とスパイスと爆発的な何か――不真面目な批評家によるフェミニスト批評入門』書肆侃侃房、二〇一九年、一八三頁。
*12　Bruce E. Drushel, and Brian M. Peters, eds. *Sontag and the Camp Aesthetic: Advancing New Perspectives* (Lexington Books, 2017), Kindle.
*13　Sontag, "Notes on 'Camp.'"
*14　Ibid.
*15　Ibid.
*16　Benjamin Moser, *Sontag: Her Life and Work* (Ecco, 2019), Kindle.
*17　小野正嗣「ソンタグの日記　恐怖や利己心、作家も人間だ」『朝日新聞』二〇二〇年二月二六日。
https://book.asahi.com/article/13180384.

第3章

*1　Sontag, "At the Same Time: The Novelist and Moral Reasoning," *At the Same Time*.〔引用者訳。ソンタグ「同じ時のなかで――小説家と倫理探求（第一回ナディン・ゴーディマー記念講演）」『同じ時のなかで』を参照した〕
*2　*Regarding Susan Sontag*, directed by Nancy D. Kates, 2014.
*3　Sontag, *Reborn: Early Diaries 1947-1963* (Penguin, 2020), Kindle.〔引用者訳。ソンタグ『私は生まれなおしている――日記とノート　１９４７―１９６３』（木幡和枝訳、河出書房新社、二〇一〇年）

を参照した〕

＊4　Sontag, "At the Same Time: The Novelist and Moral Reasoning."

＊5　高橋康也「解説」『反解釈』四八八頁。

＊6　同右、四九八頁。

＊7　同右、同頁。

＊8　最初と二つめの引用は、Sontag, *Against Interpretation* から、最後の引用は、Sontag, *On Photography* (Penguin, 2014), Kindle.〔引用者訳。ソンタグ『写真論』（近藤耕人訳、晶文社、一九七九年）を参照した〕より。

＊9　企画展名は、"Camp: Notes on Fashion." https://www.metmuseum.org/exhibitions/listings/2019/camp-notes-on-fashion. 会期は二〇一九年五月九日から九月八日まで。引用したソンタグの言葉は、Sontag, "Notes on 'Camp'" から。

＊10　ピュリッツァー賞受賞記念インタビューからの引用。Cassidy Sattler, "Writing the Life of Susan Sontag: 'People Always Knew that She was Somebody.'" https://www.pulitzer.org/article/writing-life-susan-sontag-people-always-knew-she-was-somebody.

＊11　Museum of Fine Arts, Houston, "4 Questions about 'Sontag' for Author Benjamin Moser," MFAH, Sept. 17, 2019. https://www.mfah.org/blogs/inside-mfah/4-questions-sontag-author-benjamin-moser.

第4章

＊1　夏目漱石『こころ』岩波文庫、一九八九年改版、八二頁。

＊2　Susan Sontag, "Afterlives: The Case of Machado de Assis," *Where the Stress Falls* (Penguin, 2009), Kindle.〔引用者訳。ソンタグ「死後の生——マシャード・デ・アシス」『書くこと、ロラン・バルトについて』（富山太佳夫訳、みすず書房、二〇〇九年）を参照した〕

＊3　Ibid.

＊4　Sontag, "Against Interpretation," *Against Interpretation*.

＊5　Jonathan Cott, *Susan Sontag: The Complete* Rolling Stone *Interview* (Yale University Press, 2013), Kindle.〔引用者訳。ジョナサン・コット『スーザン・ソンタグの「ローリング・ストーン」インタヴュー』（木幡和枝訳、河出書房新社、二〇一六年）を参照した〕

＊6　ジュディス・バトラー『非暴力の力』佐藤嘉幸、清水知子訳、青土社、二〇二二年、五三頁。

＊7　同右、四八頁。

＊8　夏目『こころ』六四―六五頁。

＊9　Sontag, "In Plato's Cave," *On Photography*.

＊10　Ibid.

＊11　Susan Sontag, *Regarding the Pain of Others* (Penguin, 2013), Kindle.〔引用者訳。ソンタグ『他者の苦痛へのまなざし』（北條文緒訳、みすず書房、二〇〇三年）を参照した〕

＊12　Ibid.

第5章

＊1　W. J. T. Mitchell, *Iconology: Image, Text, Ideology* (University of Chicago Press, 2013), Kindle.〔引用者訳。W・J・T・ミッチェル『イコノロジー――イメージ・テクスト・イデオロギー』(鈴木聡他訳、勁草書房、一九九二年）を参照した〕

＊2　倉石信乃『反写真論』河出書房新社、一九九九年。

＊3　Sontag, "In Plato's Cave," *On Photography*.

＊4　Sontag, "The Imagination of Disaster," *Against Interpretation*.

＊5　Sontag, "In Plato's Cave," *On Photography*.

＊6　Ibid.

＊7　プラトン『国家』下巻、藤沢令夫訳、岩波文庫、二〇〇八年、一〇四―一〇五頁。

＊8　同右。

＊9　Sontag, "In Plato's Cave," *On Photography*.

＊10　Ibid.

＊11　Sontag, "America, Seen Through Photographs, Darkly," *On Photography*.

＊12　Ibid.

＊13　Ibid.

＊14　Ibid.

＊15 Ibid.
＊16 Ibid.

第6章

＊1 後藤繁雄監修『スーザン・ソンタグから始まる／ラディカルな意志の彼方へ』アート新書アルテ、光村推古書院、二〇〇六年、二七頁。

＊2 Sontag, "On Style," *Against Interpretation.*

＊3 Sontag, "In Plato's Cave," *On Photography.*

＊4 Susan Sontag, "Trip to Hanoi," *Styles of Radical Will* (Penguin, 2013), Kindle. 同書からの訳文は、ソンタグ「ハノイへの旅」『ラディカルな意志のスタイルズ』（管啓次郎、波戸岡景太訳、河出書房新社、二〇一八年）を使用した。

＊5 Sontag, "On Style," *Against Interpretation.*

＊6 Susan Sontag, "Fascinating Fascism," *Under the Sign of Saturn* (Penguin, 2009), Kindle.〔引用者訳。ソンタグ「ファシズムの魅力」『土星の徴しの下に』（富山太佳夫訳、晶文社、一九八二年）を参照した〕

＊7 Sontag, "Fascinating Fascism," *Under the Sign of Saturn.*

＊8 スティーヴン・バック『レニ・リーフェンシュタールの嘘と真実』野中邦子訳、清流出版、二〇〇九年。

＊9　Sontag, “Fascinating Fascism,” *Under the Sign of Saturn.*
＊10　Ibid.
＊11　Ibid.
＊12　Sontag, *Regarding the Pain of Others.*
＊13　Sontag, “Fascinating Fascism,” *Under the Sign of Saturn.*
＊14　三島由紀夫『仮面の告白』新潮文庫、二〇二〇年、四四―四五頁。
＊15　三島由紀夫「三島由紀夫最後の言葉（聞き手　古林尚）」『太陽と鉄・私の遍歴時代』中公文庫、二〇二〇年、一九八頁。
＊16　三島由紀夫「太陽と鉄」『太陽と鉄・私の遍歴時代』五七頁。
＊17　Sontag, *Regarding the Pain of Others.*
＊18　Ibid.
＊19　三島「太陽と鉄」四六頁。
＊20　Sontag, “Fascinating Fascism,” *Under the Sign of Saturn.*

第7章

＊1　Sontag, “Against Interpretation,” *Against Interpretation.*
＊2　直前の引用をソンタグ本人に当てはめるため、傍点部を著者が改変した。
＊3　Sontag, “Sartre’s Saint Genet,” *Against Interpretation.* 同評論の書き出しは、「『聖ジュネ』は、本

のがんであり、グロテスクなほどに冗長だ。そのブリリアントなアイデアの積荷は、粘着質な厳粛さと、ぞっとするほどの反復によって、地上高くに運ばれる」となっている。Sontag, "What's Happening in America (1966)," *Styles of Radical Will.* ここには「白人種は、人類史におけるがんである」という表現があり、これについては『隠喩としての病い』本文において言及がなされている。

＊4　Sontag, "Illness as Metaphor," *Illness as Metaphor and Aids and Its Metaphors* (Penguin, 2013), Kindle.〔ソンタグ『隠喩としての病い／エイズとその隠喩』（富山太佳夫訳、みすず書房、二〇一二年）を参照した〕。このリストは、論考全体から使用例を筆者が要約抜粋したものである。また、ソンタグの原文においても、すべての引用がそれぞれの原著から正確に引用されているわけではない。

＊5　Sontag, "Aids and Its Metaphors," *Illness as Metaphor and Aids and Its Metaphors.*

＊6　大江健三郎「スーザン・ソンタグとの往復書簡（木幡和枝訳）」『暴力に逆らって書く――大江健三郎往復書簡』朝日文庫、二〇〇六年、一七九頁。訳文は、新聞掲載時と同じ訳者によるものである。

＊7　同右、一六九頁。

＊8　同右、三七七頁。

＊9　内田樹「古だぬきは戦争について語らない」『ためらいの倫理学――戦争・性・物語』角川文庫、二〇〇三年、二五頁。内田のソンタグ批判についての議論としては、由紀草一『軟弱者の戦争論――憲法九条をとことん考えなおしてみました。』（ＰＨＰ新書、二〇〇六年）などがある。

＊10　加藤典洋『僕が批評家になったわけ』岩波現代文庫、二〇二〇年、二三四頁。

＊11　同右、六九―七〇頁。

＊12 Sontag, "Notes on 'Camp'," *Against Interpretation.*

＊13 Cott, *Susan Sontag: The Complete* Rolling Stone *Interview.*

＊14 Sontag, "Literature Is Freedom," *At the Same Time.*

＊15 Sontag, et al., "Tuesday, and After."

＊16 大澤真幸『文明の内なる衝突――9・11、そして3・11へ』河出文庫、二〇一一年、五九―六〇頁。

＊17 Cott, *Susan Sontag: The Complete* Rolling Stone *Interview.*

＊18 Judith Butler, *Frames of War: When Is Life Grievable?* (Verso, 2016), Kindle.〔バトラー『戦争の枠組――生はいつ嘆きうるものであるのか』(清水晶子訳、筑摩書房、二〇一二年) を参照した〕

＊19 Ibid.〔引用者訳。『戦争の枠組』を参照した〕

＊20 Susan Sontag, *As Consciousness Is Harnessed to Flesh: Journals & Notebooks 1964-1980* (Farrar, Straus and Giroux, 2012), Kindle.〔ソンタグ『こころは体につられて――日記とノート　1964―1980』上下巻 (木幡和枝訳、河出書房新社、二〇一三年) を参照した〕

＊21 太宰治『人間失格・桜桃』角川文庫、二〇〇七年改版、二五頁。

＊22 Cott, *Susan Sontag: The Complete* Rolling Stone *Interview.*

第8章

＊1 太宰『人間失格・桜桃』七―九頁。

＊2 Sontag, "Under the Sign of Saturn," *Under the Sign of Saturn.*〔ソンタグ「土星の徴しの下に」『土

星の徴しの下に』を参照した〕。同論考の冒頭部分を、筆者が要約した。

＊3 Ibid.〔引用者訳〕

＊4 Sontag, "On Style," *Against Interpretation.*

＊5 Sontag, "A Photograph Is Not an Opinion. Or Is It?" *Where the Stress Falls.*〔引用者訳。ソンタグ「写真は意見ではない、それとも、そうなのか？」『サラエボで、ゴドーを待ちながら』（富山太佳夫訳、みすず書房、二〇一二年）を参照した〕

＊6 ソンタグ『わたしエトセトラ』帯文。

＊7 Cott, *Susan Sontag: The Complete* Rolling Stone *Interview.*

＊8 Moser, *Sontag: Her Life and Work.*

＊9 Ibid.

＊10 Ibid.

＊11 Sontag, *Reborn.*

＊12 Sontag, "A Photograph Is Not an Opinion. Or Is It?" *Where the Stress Falls.*

第9章

＊1 Annie Leibovitz, *A Photographer's Life: 1990-2005* (Random House, 2009), n.pg.

＊2 Moser, *Sontag: Her Life and Work.*

＊3 Ibid.

*4 Yoko Nagasaka「スーザン・ソンタグ、写真家アニー・リーボヴィッツにハラスメントを繰り返していた」*ELLE*, Sept. 19, 2019. https://www.elle.com/jp/culture/celebgossip/a29133454/susan-sontag-190920/

*5 Moser, *Sontag: Her Life and Work*.

*6 "Ben Moser on Susan Sontag, with Brenda Wineapple, Sept 19, 2019," Leon Levy Center for Biography. https://www.youtube.com/watch?v=1NTG6OUOAuM.

*7 David Rieff, *Swimming in a Sea of Death: A Son's Memoir* (Simon & Schuster, 2008), Kindle.〔デイヴィッド・リーフ『死の海を泳いで――スーザン・ソンタグ最期の日々』（上岡伸雄訳、岩波書店、二〇〇九年）を参照した〕

*8 Yianna Liatsos, "Temporality and the Carer's Experience in the Narrative Ecology of Illness: Susan Sontag's Dying in Photography and Prose," *Humanities* 2020, 9（3）, 81: Aug. 16, 2020. https://doi.org/10.3390/h9030081.

*9 Rieff, *Swimming in a Sea of Death*.〔引用者訳〕

*10 Ibid.

第10章

*1 Patrick Moore, "Susan Sontag and a Case of Curious Silence," *Los Angeles Times*. Jan. 4, 2005. https://www.latimes.com/archives/la-xpm-2005-jan-04-oe-moore4-story.html.

＊2　後藤監修『スーザン・ソンタグから始まる／ラディカルな意志の彼方へ』五〇―五二頁。
＊3　Moore, "Susan Sontag and a Case of Curious Silence."
＊4　後藤監修『スーザン・ソンタグから始まる／ラディカルな意志の彼方へ』五一頁。
＊5　Sontag, "A Photograph Is Not an Opinion. Or Is It?" *Where the Stress Falls*.
＊6　Sontag, "In Plato's Cave," *On Photography*.
＊7　Sontag, *Regarding the Pain of Others*.
＊8　Ibid.
＊9　Sontag, "In Plato's Cave," *On Photography*.

第11章

＊1　三島『仮面の告白』五頁。
＊2　三島由紀夫「私の遍歴時代」『太陽と鉄・私の遍歴時代』一五五頁。
＊3　Sontag, "Project for a Trip to China." *Debriefing*.
＊4　Ibid.
＊5　F. Scott Fitzgerald, *The Great Gatsby*（Penguin, 2000）, Kindle.〔引用者訳。スコット・フィッツジェラルド『グレート・ギャツビー』（村上春樹訳、中央公論新社、二〇〇六年）を参照した〕
＊6　Ibid.
＊7　Sontag, "Project for a Trip to China," *Debriefing*.

＊8 Ibid.

＊9 Sontag, "Under the Sign of Saturn," *Under the Sign of Saturn.*

＊10 Benjamin Taylor, "Foreword," *Debriefing.*

＊11 Carl Rollyson and Lisa Paddock, *Susan Sontag: The Making of An Icon* (University Press of Mississippi, 2016), Kindle.

＊12 Ibid.

＊13 Sontag, "Debriefing," *Debriefing.*〔引用者訳。ソンタグ「事情報告」『わたしエトセトラ』を参照した〕

＊14 Ibid.

＊15 Ibid.

＊16 Sontag, "Project for a Trip to China," *Debriefing.*

終章

＊1 Sontag, "Against Interpretation," *Against Interpretation.*

＊2 森本あんり『反知性主義――アメリカが生んだ「熱病」の正体』新潮社、二〇一五年、二六一頁。

＊3 巽孝之編『反知性の帝国――アメリカ・文学・精神史』南雲堂、二〇〇八年、三三頁。

URL最終閲覧日：二〇二三年七月二三日

波戸岡景太（はとおか　けいた）

一九七七年、神奈川県生まれ。専門はアメリカ文学・文化。博士（文学）〈慶應義塾大学〉。現在、明治大学教授。著書に*Thomas Pynchon's Animal Tales: Fables for Ecocriticism*（Lexington Books）、『映画ノベライゼーションの世界』（小鳥遊書房）、『ラノベのなかの現代日本』（講談社現代新書）など。訳書にスーザン・ソンタグ『ラディカルな意志のスタイルズ［完全版］』（管啓次郎との共訳、河出書房新社）など。

スーザン・ソンタグ　「脆さ」にあらがう思想

集英社新書一一八四C

二〇二三年一〇月二二日　第一刷発行

著者……波戸岡景太

発行者……樋口尚也

発行所……株式会社集英社

東京都千代田区一ッ橋二-五-一〇　郵便番号一〇一-八〇五〇

電話　〇三-三二三〇-六三九一（編集部）
〇三-三二三〇-六〇八〇（読者係）
〇三-三二三〇-六三九三（販売部）書店専用

装幀……原　研哉

印刷所……大日本印刷株式会社　TOPPAN株式会社

製本所……株式会社ブックアート

定価はカバーに表示してあります。

ISBN 978-4-08-721284-6 C0210

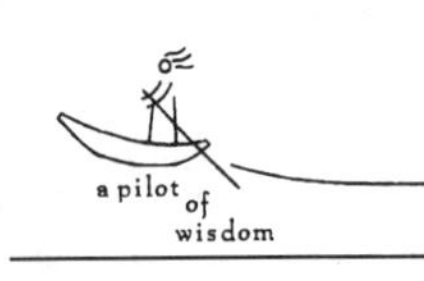

集英社新書　好評既刊

戦略で読む高校野球
ゴジキ　1173-H
二〇〇〇年以降、甲子園を制したチームを分析し、戦略のトレンドや選手育成の価値観の変遷を解き明かす。

トランスジェンダー入門
周司あきら／高井ゆと里　1174-B
「トランスジェンダー」の現状をデータで明らかにし、医療や法律などから全体像を解説する本邦初の入門書。

ウクライナ侵攻とグローバル・サウス
別府正一郎　1175-A
なぜ発展途上国の一部はウクライナへ侵攻するロシアを明確に批判しないのかを現地ルポを交え解き明かす。

スポーツの価値
山口　香　1176-B
勝利至上主義などスポーツ界の問題の根本原因を分析し、未来を切りひらくスポーツの真の価値を提言する。

スーフィズムとは何か　イスラーム神秘主義の修行道
山本直輝　1177-C
伝統イスラームの一角をなす哲学や修行道の総称スーフィズム。そのよく生きるための「実践の道」とは？

若返りホルモン
米井嘉一　1178-I
病的老化を止めるカギは最強ホルモン「DHEA」にある。最新研究が明らかにする本物のアンチエイジング。

日本が滅びる前に　明石モデルがひらく国家の未来
泉　房穂　1179-A
超少子高齢化や大増税で疲弊感が漂う日本。閉塞打破する方法とは？　やさしい社会を実現する泉流政治学。

アントニオ猪木とは何だったのか
入不二基義／香山リカ／水道橋博士／ターザン山本
松原隆一郎／夢枕　獏／吉田　豪　1180-H
哲学者から芸人まで独自の視点をもつ七人の識者が、あらゆる枠を越境したプロレスラーの謎を追いかける。

絶対に後悔しない会話のルール
吉原珠央　1181-E
人生を楽しむための会話術完全版。思い込み・決めつけ・観察。この三つに気を付けるだけで毎日が変わる。

疎外感の精神病理
和田秀樹　1182-E
コロナ禍を経てさらに広がった「疎外感」という病理。精神科医が心の健康につながる生き方を提案する。